双葉文庫

はぐれ長屋の用心棒

剣術長屋

鳥羽亮

目次

剣術長屋　はぐれ長屋の用心棒

第一章　道場開き

一

　ふと、華町源九郎《はなまちげんくろう》は目を覚ました。

　腰高障子の向こうで、子供の笑い声と、パタパタという足音が聞こえて目を覚ましたのだ。長屋の子供が何人か、笑いながら戸口近くを走っていったらしい。

　晴天らしい。腰高障子が、朝日をあびて白くかがやいている。五ツ（午前八時）ごろであろうか。

　障子の向こうで、あちこちから障子をあけしめする音や女房たちの話し声、子供の笑い声などが聞こえてきた。いつもの長屋の朝より騒がしいようである。久し振りの晴天のせいかもしれない。ここ二日、小雨がつづき、長屋の住人は家に籠《こも》っていることが多かったのだ。

……さて、起きるか。

源九郎は、腹の上の搔巻《かいまき》を脇へ押しやって身を起こした。源九郎は小袖に袴姿だった。昨夜、遅くまで長屋に住む菅井《すがい》紋太夫《もんだゆう》や孫六《まごろく》などと酒を飲み、着替えるのが面倒になって、そのまま座敷で寝てしまったのだ。

源九郎は立ち上がると、はだけた襟元をなおした。そして、捲《めく》れ上がった袴の裾を下ろし、たたいて皺《しわ》を伸ばした。

源九郎は牢人である。本所相生町《あいおいちょう》にある伝兵衛店《でんべえだな》で独り暮らしをしていた。源九郎は五十石取りの御家人だったが、倅の俊之介《しゅんのすけ》が家を継いで嫁をもらったのを機に家を出て、隠居暮らしを始めたのである。

伝兵衛店は、界隈《かいわい》ではぐれ長屋と呼ばれていた。古い棟割り長屋である。住人の多くが、食いつめ牢人、その日暮らしの日傭《ひよう》取り、その道から挫折した職人などのはぐれ者だったからである。源九郎もそのひとりだった。

源九郎は還暦にちかい老齢だった。鬢《びん》や髷《まげ》は白髪が多く、顔には皺や肝斑《しみ》が目立ってきた。おまけに、無精髭や月代《さかやき》がだらしなく伸びている。うらぶれた貧乏牢人そのものだった。

……めしはなかったな。

源九郎は腹がすいていた。昨夕、めしを炊いたが、菅井たちといっしょに酒を飲んだ後、握りめしにして食ってしまった。釜のなかはからである。

……しかたがない。水でも飲んでがまんするか。

源九郎は肩に手ぬぐいをひっかけ、流し場にあった小桶を手にして戸口から出た。井戸へ行って冷たい水を飲み、ついでに顔も洗ってこようと思ったのだ。

腰高障子をあけると、朝日が目を射るようだった。いつもじめじめしている長屋も、今朝は明るくかがやいている。

源九郎は、眠い目をこすりながら井戸にむかった。まだ、眠気が残っている。

井戸端に何人か集まっていた。源九郎の家の斜向《はす》かいに住むお熊《くま》、ぼてふりの女房のおとよ、日傭取りの女房のおまつ、それに、めずらしく菅井の姿があった。源九郎と同じように朝寝して、顔を洗いに来たのかもしれない。

女たちは、井戸端でおしゃべりをしていたらしい。明るい陽射しのせいでそう見えるのか、それとも何か楽しいことでもあったのか。女たちの顔は、明るかった。それに、笑みまで浮かんでいる。

「旦那、水汲みかい」

お熊が、源九郎の手にしている小桶を目にして訊《き》いた。

お熊は四十代半ば、助造《すけぞう》という日傭取りの女房である。お熊はでっぷり太っていた。大きな腹を突き出すようにして立っている。着物の裾がひらいて、赤い二布《ふたの》が覗いていた。まったく洒落《しゃれ》っ気のない、がさつな女である。おまけにお節介でロうるさいが、心根はやさしく、独り暮らしの源九郎を気遣って、握りめしや余分に作った惣菜をとどけてくれたりする。

「ああ、そうだ」

源九郎は、やたらなことを言うと女房連中にやり込められるので、気のない返事をして釣瓶《つるべ》を手にした。

「華町、おまえ、いま起きたのか」

菅井があきれたような顔をして訊いた。

菅井は肩まで総髪が伸び、肉をそいだように頬がこけていた。面長で顎がとがり、般若《はんにゃ》のような顔をしている。いつもは、苦虫を噛み潰したような顔をしているのだが、今日はどういうわけか口許に笑みが浮いていた。

菅井は五十がらみ、生まれながらの牢人である。女房に死なれてから、源九郎と同じようにはぐれ長屋で独り暮らしをつづけている。

「菅井、広小路《ひろこうじ》には行かないのか」

源九郎が思い出したように訊いた。今日はいい天気なので、菅井は両国広小路に出かけているはずなのだ。

菅井の生業《なりわい》は、居合抜きの大道芸である。両国広小路で居合抜きを観せて口を糊していたのだ。大道芸だが、居合の腕は本物だった。菅井は田宮流《たみやりゅう》居合の達人だったのである。

「華町、忘れたのか。今日は、道場開きだぞ」

菅井が言うと、そばにいたお熊たちもうなずいた。

「そうか。島田《しまだ》道場へ行く日か」

源九郎は思い出した。最近まではぐれ長屋に住んでいた島田藤四郎《とうしろう》が、本所横網町《よこあみちょう》に剣術道場をひらき、その道場開きに源九郎と菅井、それに長屋の住人が何人か呼ばれていたのだ。

……それで、長屋の連中が浮き浮きしているのか。

と、源九郎は気付いた。

長屋の連中が島田の道場開きに関心をもっていたのは、それなりのわけがあった。

島田ははぐれ長屋に住んでいたとき、萩江《はぎえ》という娘を嫁にもらった。萩江は大身の旗本、秋月房之助《あきづきふさのすけ》の娘だったが、家の家督争いに巻き込まれ、子供のような男に娶《めあわ》せられることになり、幼馴染みの島田を頼ってはぐれ長屋に逃げてきたのだ。そのおり、源九郎をはじめ長屋の住人が力を合わせて、島田と萩江を守り、父親の秋月の許しを得て長屋で祝言を挙げさせた。

その島田が、秋月の援助で横網町に剣術の町道場をひらくことになり、今日がその道場開きの日だったのだ。長屋の住人たちは、島田が道場をひらくことを我が事のように喜び、この日が来るのを待っていたのである。

「旦那も行くんじゃァないのかい」

お熊が源九郎に身を寄せて訊いた。

「そのつもりだが、まだ早い」

島田には、本郷から来る者もいるので、昼過ぎに来てほしい、と言われていたのだ。秋月家は本郷にあったので、秋月家の者も何人か顔を出すのだろう。ただ、秋月房之助は、病気がちと聞いていたので、本人は来ないはずである。

「まさか、旦那はその格好で行くんじゃァないでしょうね」

おとよが、肩に継ぎ当てのある源九郎の単衣《ひとえ》を見ながら訊いた。

「いいや、着替えていく」

そうは言ったが、似たような単衣しかない。

源九郎は、急いで釣瓶で水を汲むと、まず水を飲み、つづいて小桶に水を移して顔を洗った。

源九郎はさっぱりしたところで、

「ところで、お熊、頼みがある」

と、お熊に身を寄せて小声で言った。

「なんだい」

「腹がへっていてな。残りのめしはないかな」

源九郎は、これからめしを炊く気になれなかったのだ。

「あるよ。握りめしでいいかい」

お熊が、脇に立っているおとよとおまつに目をやって言った。いつものことだよ、といった顔をしている。

「すまんな、家にいるからな」

源九郎がきびすを返すと、

「おい、華町」

と、菅井が声をかけた。

「出かける前に、髭ぐらい剃っておけよ」

「菅井、おまえの髪も伸び過ぎだぞ。すこし、短く切った方がいい」

そう言い置いて、源九郎は歩きだした。

二

「華町の旦那、支度ができやしたか」

腰高障子の向こうで、茂次《しげじ》の声がした。その声には、いつになく昂《たかぶ》ったひびきがあった。茂次も島田道場に呼ばれていたのだ。

茂次も、はぐれ長屋の住人だった。研師《とぎし》である。研師といっても、長屋や裏路地をまわり、包丁、鋏《はさみ》、剃刀《かみそり》などを研ぎ、鋸《のこ》の目立てなどをしていた。茂次は刀槍を研ぐ名のある研師に弟子入りしたのだが、師匠と喧嘩していられなくなり、はぐれ長屋で暮らすようになったのだ。茂次も、はぐれ者のひとりである。

「できたぞ」

源九郎は二刀を腰に帯び、腰高障子をあけて外に出た。

戸口に、茂次と肩を並べて孫六《まごろく》が立っていた。孫六も、島田道場に行くつもりらしい。

「旦那、あっしもお供しやすぜ」

孫六が、ニヤニヤしながら言った。

孫六は還暦を過ぎた年寄りで、はぐれ長屋に住んでいた。娘夫婦と孫の富助《とみすけ》との四人暮らしである。長屋に来る前は、番場町《ばんばちょう》の親分と呼ばれた腕利きの岡っ引きだったが、中風を患い、左足がすこし不自由になって隠居し、娘夫婦といっしょに暮らすようになったのである。

孫六は、小柄ですこし背がまがっていた。顔が浅黒く、丸い目をして小鼻が張っている。狸のような顔である。

「ふたりとも、いつもと身装《みなり》がちがうではないか」

源九郎が茂次と孫六に目をやって言った。

ふたりとも単衣に角帯姿で裾を尻《しり》っ端《ぱし》折《よ》りしていたが、継ぎ当てのないこざっぱりした身装である。

「お梅《うめ》が、着替えていけと言ってうるせえんでさァ」

茂次が、目尻を下げて言った。

お梅は、茂次の女房である。まだ、子供がいないせいもあって、新婚気分が抜けないのだろう。

「あっしは、おみよが出してくれやしてね」

孫六が狸のような顔をほころばせて言った。おみよは、孫六と同居している娘である。

「旦那は、いつもと変わらねえなァ」

孫六が言い添えた。

「ああ、おれには女房も娘もいないからな」

源九郎は白《しら》けたような顔をして歩きだした。

井戸端に、菅井、砂絵描きの三太郎《さんたろう》、若い磯次《いそじ》、猪吉《いきち》、安之助《やすのすけ》の五人が、源九郎たちを待っていた。五人とも、これから島田道場に出かけるのである。その五人を取りかこむようにお熊やおまつなどの女房連中が七、八人、それに長屋の子供たちも数人集まっていた。女房連中は亭主を仕事に送り出した後、見送りもかねて様子を見に来たらしい。

三太郎は砂絵描きを生業にしていた。砂絵描きは、染粉で染めた砂を色別の小袋に入れておき、掃き清めて水を撒《ま》いた地面の上に色砂を使って絵を描いて見せる大道芸である。三太郎も、源九郎たちと同じはぐれ者のひとりである。

磯次たち三人は、まだ十五、六歳だった。磯次は鳶《とび》、猪吉は屋根葺き職人、安之助は牢人太田左衛門《おおたさえもん》の子だった。太田は傘張りを生業としていたが、傘張りだけでは食って行けず、仕事のある日は日傭取りに出ている。

磯次と猪吉はまだ一人前でなく、父親といっしょに仕事に出ていた。見習いといっていいだろう。

磯次たち三人は、島田が剣術の道場をひらくと聞き、

「島田の旦那の道場なら、剣術を習いたい」

と言い出し、門弟にくわえてもらったのだ。

島田は、三人が仕事の合間に道場に来て、稽古するならかまわない、と言って、入門を許したのである。それに、島田は町人も武士も分け隔てなく、入門させるつもりでいたのだ。

磯次たち三人の顔はこわばっていた。緊張しているらしい。剣術道場に入るのは初めてだし、武士が多いと思っているのだろう。

「磯次、猪吉、安之助」

源九郎が三人に声をかけた。

「へ、へい」

磯次が喉のつまったような声で返事した。

「島田は道場主になっても、長屋にいたころと変わらん。それに、わしらもときおり道場に顔を出すので、ふだんどおりでいいのだぞ」

源九郎がおだやかな声で言うと、

「そうでさァ。島田の旦那も萩江さまも、長屋で暮らしていやしたからね。気にするこたァねえや」

猪吉が声を上げた。

「そうだとも。……だが、島田の旦那はまずいぞ。今日からは、お師匠と呼んだ方がいいな。なにしろ、おまえたち三人は、島田道場の門弟だ」

源九郎が言った。

「へい！　お師匠とお呼びいたしやす」

磯次が大声で言い、猪吉と安之助がうなずいた。

「では、まいるか」

そう言って、源九郎が歩きだした。

菅井たちにつづいて、磯次たちが胸を張ってその場を離れた。

路地木戸に向かう源九郎たち一行の背に、

「しっかり、稽古するんだよ」

「あたしらも、そのうち見に行くからね」

などという女房連中の声が聞こえ、子供たちの歓声や笑い声がおこった。


源九郎たち一行は、長屋の路地木戸から竪川《たてかわ》沿いの通りへ出た。竪川沿いの通りは賑わっていた。ぼてふり、風呂敷包みを背負った店者《たなもの》、町娘、供連れの武士などが行き交っている。

源九郎たち一行は、竪川にかかる一ツ目橋のたもとを右手におれ、回向院《えこういん》の裏手を通って横網町へ入った。

横網町の町筋をいっとき歩くと、通り沿いに道場が見えてきた。道場といっても外観は商家のようである。無理もない。道場として新築したわけではなかった。つぶれた太物《ふともの》問屋を安く買い取り、大工を入れて店内を板張りにし、板壁に連子《れんじ》窓をつけて道場らしくしただけなのだ。

道場の戸口のまわりに人だかりができていた。通りすがりの者や近所の住人たちらしい。新しい剣術道場を物珍しそうに見ている。

源九郎たちが近付くと、集まっていた野次馬たちが慌てて左右に身を引いて道をあけた。源九郎たちを見て、野次馬たちの顔には、なんだ、この連中は、といった不審そうな表情が浮いた。

武士と町人、年寄りと若者が列をなして道場に近付いてきたので、野次馬たちの目には得体の知れない連中と映ったのかもしれない。

「おい、見ろ、これを」

菅井が戸口に立って指差した。

玄関脇に「神道無念流《しんとうむねんりゅう》島田道場」と墨書された看板がかかっていた。島田は神道無念流の遣い手だったのである。

三

道場は思ったよりひろかった。板張りの稽古場につづいて、正面に畳敷きの師範座所があり、神棚が設けられていた。まだ、汚れのない床板やまわりの板壁から木の香りがただよっている。

左手の板壁には、木刀と竹刀《しない》掛があり、すでに数本の竹刀が掛けられていた。

その脇に引き戸があり、門弟たちの着替えの間になっていた。師範座所の脇にも引き戸があり、その先が島田たちの住む母屋とつながっている。

道場の床に、三十人ほどの男が座していた。師範座所を背にして、島田と老齢の武士が端座していた。老武士は、島田が修行した道場の主、土屋彦左衛門《つちやひこざえもん》である。

神道無念流の祖は、福井兵右衛門《ふくいへいえもん》だった。江戸に神道無念流をひろめたのは戸賀崎熊太郎《とがさきくまたろう》で、その弟子の岡田十松《おかだじゅうまつ》、さらに斎藤弥九郎《さいとうやくろう》が剣名を高めた。斎藤弥九郎が九段にひらいた練兵館《れんぺいかん》は、千葉周作《ちばしゅうさく》の玄武館《げんぶかん》、桃井春蔵《もものいしゅんぞう》の士学館《しがくかん》と並び、江戸の三大道場と謳《うた》われて隆盛をみた。

その練兵館で修行し、独立して町道場をひらいていたのが土屋で、島田は土屋道場で修行したのである。

土屋はすでに還暦にちかい老齢だったが、座した姿にも隙がなく、身辺には剣の遣い手らしい威風がただよっていた。

島田はまだ二十三歳だった。色白で端整な顔立ちをしているせいもあって、道場主といった貫禄も威風もなかった。本人もそのことは自覚していて、道場主など早すぎると思っていたのだ。

ところが、秋月家の当主だった房之助は、島田に萩江を嫁がせるに当たり、

「萩江を長屋暮らしの牢人に嫁がせるわけにはいかぬが、そこもとは剣の遣い手と聞いている。……そこで、剣術の道場主に嫁がせることにする」

と言い、道場主になることを強制的に承知させたのだ。

秋月が言うのも、もっともであった。秋月家は家禄一千石の大身の旗本である。その娘を、長屋暮らしの牢人に嫁がせるわけにはいかなかったのである。むろん、道場を建てるにあたり、資金は秋月家で負担することも約束した。

島田の左手には、拵《こしら》えのいい身装の若侍が座していた。秋月家を継いだ誠之助《せいのすけ》である。病身の秋月房之助に代わってきたらしい。

さらに、誠之助の脇に羽織袴姿のふたりの武士が端座していた。秋月家の用人の馬場佐兵衛《ばばさへえ》、若党の森本甚十郎《もりもとじんじゅうろう》であった。馬場と森本は秋月家が相続争いで揉《も》めたとき、島田と萩江の味方になって世話をしてくれたのだ。さらに、馬場と森本は道場の建築に対しても親身になって奔走してくれた。

源九郎たちは、すこし正面から離れた左手に腰を下ろしていた。膝先には、杯と銚子が置かれていた。おそらく、馬場と森本が気を利かせて用意したのだろう。金は秋月家から出ているにちがいない。

馬場の音頭で集まった男たちが酒をつぎ合い、喉を湿した後、島田が立った。

島田は一同に道場をひらくまでの経緯をかいつまんで話し、その後、世話になった礼を口にすると、

「わたしは見たとおりの弱輩ですが、当道場には腕の立つ心強い味方がついております」

そう前置きして、源九郎と菅井の名を上げた。

島田に指名され、やむなく源九郎は立ち上がったが、

「い、いや、それがし、ご覧のとおりの年寄りゆえ、剣を振ることもままならぬ身でござる」

と照れたような顔で言っただけで、すぐに腰を下ろしてしまった。源九郎は人前で話すことが得意ではなかった。それに、源九郎は鏡新明智流《きょうしんめいちりゅう》だった。神道無念流の道場開きで、他流の名を口にすることはできなかったのだ。

ただ、島田が源九郎の腕が立つと言ったのは、誇張でも世辞でもなかった。老いてはいたが、源九郎は鏡新明智流の達人だったのである。

源九郎は十一歳のときに、鏡新明智流、桃井春蔵の士学館に入門し、めきめきと頭角をあらわした。二十歳ごろにはその俊英を謳われるほどに上達したが、二

十五歳のときに、思わぬことでつまずいた。師匠の勧める旗本の娘との縁談を断り、近所に住む幼馴染みの娘を嫁にしたことで道場に居辛くなった。ちょうどそのころ父親が病で倒れ、家督を継いだこともあって、源九郎は道場をやめてしまったのだ。

その後、源九郎は気のむくままに他流の門をたたいたり、独自で剣の工夫をしたりしたが、しだいに稽古に身が入らなくなった。そして、剣名を上げることもなく、現在に至っている。

源九郎が腰を下ろした後、集まった男たちの視線が、菅井に集まったが、

「おれは、無手勝流だ」

と言っただけで、菅井は渋い顔をして酒をかたむけていた。

菅井が身につけているのは、田宮流の居合だった。菅井にすれば、いくらなんでも剣術の道場開きのおりに、居合の話はできなかったのだろう。

座が静かになったところで、

「さァ、飲んでくだされ」

と、馬場が声を上げた。

それから、一刻（二時間）ほど酒を飲みながら談笑した後、源九郎たちは腰を

上げた。場がなんとなく白けてきたし、そろそろおひらきの頃合だとみたのである。

道場の戸口まで見送りに出た島田は、源九郎と菅井に身を寄せて、

「何かあったら、長屋へ知らせに行きますからよろしく」

と、ささやいた。

源九郎はちいさくうなずいただけだったが、

「その代わり、おまえも、長屋に顔を出せよ。まだ、勝負が残っているからな」

と、菅井が言った。

「将棋ですか」

島田が訊いた。

「そうだ。雨の日は、華町の家にいるからな」

菅井は、無類の将棋好きだった。雨の日は、居合の見世物に行けないので、源九郎の家に上がり込んで将棋を指すことが多かった。島田も、長屋暮らしをしているおりに菅井の将棋相手をさせられることがあったのだ。

「菅井どのが、その気なら道場に将棋盤を用意しときますよ」

島田が小声で言うと、

「それはいい」

と、菅井が声を上げた。

「おい、剣術道場で将棋を指南するつもりか」

源九郎はあきれたような顔をした。


源九郎たちは道場を出ると、横網町の路地をはぐれ長屋にむかって歩いた。磯次たち三人は、まだ道場に残っていた。門弟だったので、後片付けと道場の掃除をしてから帰るつもりらしい。

町筋は、淡い夕日に染まっていた。家路を急ぐ仕事帰りの男たちが、足早に通り過ぎていく。

「華町の旦那、道場はうまくいきやすかね」

めずらしく、孫六が神妙な顔をして訊いた。

「どうかな」

源九郎は何とも言えなかった。まだ、道場はひらいたばかりである。

「いえね、ちょいと、門弟がすくねえんじゃァねえかと思いやしてね」

孫六が小声で言った。顔に心配そうな表情が浮いている。

「そうだな」

孫六の懸念は、当然だった。今日、道場に集まっていた門弟は、十人ほどだった。磯次たちが三人、秋月家に仕える若党が三人、それに近所に住む御家人の子弟が、四、五人いただけである。いまのままでは、道場としてやっていけないだろう。

源九郎と孫六のやり取りを聞いていた菅井が、

「おい、まだ道場をひらいたばかりだぞ。これからだよ、これから」

と、声を大きくして言った。

すると、茂次が、

「なんなら、あっしと三太郎が門弟になってもいいですぜ。それに、いざとなりゃァ、長屋の男たちが総出で門弟になりゃァいい」

と、言い添えた。

「それじゃァ、おれも、剣術を習うのかい」

孫六が驚いたような顔をした。

「そうよ、とっつァんだって、まだ、まだ、これからだ」

「おめえ、そうは言っても、いまさら剣術の稽古はできねえぜ。……それによ、みんなが剣術を始めたら、はぐれ長屋じゃァなくて、剣術長屋になっちまうぜ」

「剣術長屋か！　いいじゃァねえか、なァ」

そう言って、茂次が孫六と三太郎の肩をたたいた。

四

シトシトと雨が降っていた。源九郎は襷《たすき》で両袖を絞ると、土間へ下りた。竈《へっつい》に火を焚《た》き付けてめしを炊こうと思ったのだ。いつも、お熊のところへめしの無心に行くわけにはいかなかった。それに、夕めしの分も炊いておけば、一日めしの心配はしなくてすむ。

源九郎が竈の前で、石を打って火を点《つ》けようとしたとき、腰高障子の向こうに近付いてくる下駄の音が聞こえた。

……来たな。

菅井の足音である。今日は、雨で居合の見世物に出られない。さっそく、将棋を指しに来たらしい。

腰高障子があいて、菅井が顔を見せた。将棋盤と飯櫃《めしびつ》を抱えている。どうやら、めし持参で来たらしい。

「おい、華町、そこで何をしておる」

菅井は、襷掛けで竈の前に立っている源九郎に目をむけて訊いた。

「見れば分かるだろう。めしを炊くところだ」

「めしなら、ここにある」

菅井は飯櫃に目をやって言った。

「飯櫃持参で、将棋か」

「雨の日は、将棋と決まっているのだ」

そう言うと、菅井は下駄を脱ぎ、勝手に座敷に上がり込んだ。

……勝手なやつめ、何が将棋と決まっているだ。

と、源九郎は胸の内で毒づいたが、顔には笑みを浮かべていた。めしを持参したので、相手になってやってもいい、と思ったのだ。

菅井は座敷に胡座《あぐら》をかくと、飯櫃の蓋を取り、

「炊きたてのめしで握ったのだ。うまいぞ」

と言って、さっそく腕を伸ばして握りめしをつかんだ。

なるほど、握りめしから湯気が立っている。それに、飯櫃の隅に小鉢があり、たくあんが入っていた。菅井は顔に似合わず几帳面《きちょうめん》だった。朝起きてめしを炊

き、握りめしを作っただけでなく、たくあんまで添えてきたのだ。

「では、馳走《ちそう》になるか」

源九郎は、襷を外して座敷に上がった。

「握りめしを食いながら、将棋だぞ」

菅井がニンマリした。

「よし」

源九郎は将棋盤の前に座った。

「さァ、今日は腰を据えてやるぞ」

菅井が腕まくりして、駒を盤に並べ始めた。

そのとき、腰高障子の向こうで駆け寄ってくる下駄の音が聞こえた。下駄の音は、腰高障子の前でとまり、

「は、華町さま！」

という男の声がし、腰高障子があいた。

顔を出したのは、安之助だった。走ってきたらしく顔が紅潮し、肩で息していた。

「た、大変だ！」

安之助が、源九郎と菅井の顔を見て声を上げた。

「どうした」

すぐに、源九郎は腰を上げた。島田道場で何かあったと察知したのだ。

「すぐ、道場に来てください。お師匠が、呼んでます」

「何があった」

源九郎は立ち上がって、部屋の隅に置いてあった刀を手にした。

菅井は逡巡《しゅんじゅん》するように、安之助と将棋盤を交互に見ている。

「道場破りです！」

「なに、道場破りだと」

「はい、強そうな武士がふたり、道場に乗り込んできました」

「すぐ行く」

源九郎は土間へ飛び下りた。

菅井も、後を追ってきた。源九郎と肩を並べて走りながら、

「おい、将棋とめしはどうするのだ」

と、うらめしそうな顔をして訊いた。

「ど、道場の、始末がついてからだ」

源九郎の息が上がってきた。歳をとったせいか、走るとすぐに息が苦しくなるのだ。

源九郎、菅井、安之助の三人は、小雨のなかを傘もささずに必死で走った。横網町に入っていっとき走ると、前方に島田道場が見えてきた。

「す、菅井、安之助、さ、先に行け……」

源九郎は顎を出し、ハァ、ハァ、と荒い息を吐いた。足も、よろめいている。

「よし、先に行くぞ」

菅井と安之助が、走りだした。源九郎とちがって、ふたりはまだ走る体力が残っているようだ。

源九郎は菅井たちが道場へ飛び込むのを見てから、道場の玄関先に着いた。ゼイゼイ、と喘鳴《ぜんめい》を洩《も》らしながら、源九郎は玄関の引き戸や柱に身を支え、這《は》うようにして道場へ入った。

道場内は、息づまるような緊張につつまれていた。道場のなかほどに大柄な武士がひとり立っていた。小袖に袴姿で、木刀を手にしていた。頤《おとがい》の張った髭の濃い男である。

もうひとり痩身の武士が、道場の入り口のところに座していた。総髪で、着古した小袖に袴姿だった。目付きのするどい剽悍《ひょうかん》そうな面構えの男である。ふたりが、道場破りのようだ。身装や風貌から見て牢人かもしれない。

道場の正面に、島田と駆けつけた菅井が立っていた。菅井は大柄な男を睨むように見すえている。顔が紅潮して赤みを帯び、双眸《そうぼう》がひかっていた。夜叉《やしゃ》のような顔である。

門弟たちは十人ほどいた。磯次と猪吉の顔もあった。門弟たちは道場の隅に座し、不安そうな目で、菅井と大柄な武士を見つめている。

そこへ、源九郎があらわれた。居並んだ門弟たちの注視のなかを、よろよろしながら正面にむかった。

「華町さまだ！」

「華町さまが駆け付けたぞ」

声を上げたのは、磯次と猪吉だった。他の門弟は、不安と戸惑うような顔をして源九郎に目をむけている。頼りなげな年寄りが、よろよろしながら入ってきたのである。その姿を見て、とても剣の遣い手とは思えなかったのだろう。

五

「爺《じい》さん、何の用だ」

大柄な武士が、口許に揶揄《やゆ》するような笑いを浮かべて言った。

「な、何の用か、訊きたいのは、わしの方だ。おぬしたちふたりは、道場に何か用があるのか」

源九郎が声をつまらせて言った。まだ、息が乱れている。

「おれたちふたりは、一手ご指南いただこうと思ってな。まかりこしたのだ」

大柄な武士が言うと、背後に座していた痩身の武士がうなずいた。

「ならば、わしらが先だな」

源九郎が言うと、

「そうだ、まず、おれたちが相手になってやる」

と、菅井がつづいた。

「おまえたちも、門弟か」

「まァ、そうだ」

源九郎が言った。

　すると、島田が一歩前に出て、

「おふたりは、当道場の師範代だ」

と、語気を強くして言った。源九郎たちは師範代ではなかったが、島田が勝手に言ったのである。

「よかろう。ならば、まずふたりに指南していただこう。……それで、どちらが先だ。年寄りか、それとも、総髪の御仁《ごじん》か」

　大柄な武士が、菅井に木刀の先をむけて訊いた。

「おれからだな」

　菅井が前に出た。

「それで、武器《えもの》は？」

　大柄な武士が訊いた。

「真剣でも、木刀でもかまわんぞ」

　菅井は、居合の達者だった。本来なら、真剣でやりたいところだろう。木刀や竹刀では抜刀できず、居合の威力は半減するのだ。

「木刀でよかろう。首を落とすこともないのでな」

　大柄な武士は、口許に薄笑いを浮かべて言った。菅井は痩せていて、遣い手に見えないので、侮《あなど》ったのかもしれない。

「木刀でいいだろう」

菅井は、道場の板壁に掛かっている木刀を手にした。

源九郎と島田はすぐに身を引いて、師範座所の脇に座した。

源九郎は大柄な武士の動きを見つめながら、それほどの腕ではない、とみたが、胸に一抹《いちまつ》の不安が生じた。菅井が居合を遣えば後れをとるようなことはないが、木刀での立ち合いでは、本来の力が出せないのだ。

……様子をみて、割って入ろう。

と、源九郎は思い、持参した刀を脇に置いた。いざとなったら、ふたりの間に飛び込んで、鞘ごと打ち込むつもりだった。

島田の顔にも、不安そうな表情があった。菅井が遣い手であることは知っていたが、木刀でどれほどの力が出せるのか、島田にも分からなかったのだ。

「いくぞ」

菅井が声を上げた。

「おお！」

菅井と大柄な武士は、およそ三間半ほどの間合をとって対峙した。

道場内は、息づまるような緊張と静寂につつまれていた。門弟たちは、固唾《かたず》を飲んで菅井と大柄な武士を見つめている。

大柄な武士は青眼に構えた。木刀の先が、菅井の喉元につけられていた。隙のない、どっしりとした構えである。ただ、肩に凝《こ》りがあった。気が昂って、体に力が入り過ぎているのだ。

菅井は木刀を背後にむけて、右拳を腰のあたりにつけた。脇構えである。脇構えから、居合の抜刀の呼吸で打ち込むつもりのようだ。

オリャッ！　リャッ、リャッ。

大柄な武士が、威嚇《いかく》するように甲高い気合を発し、足裏で床板を摺《す》りながら間合をつめてきた。

菅井は動かなかった。気を鎮めて、相手の動きを見つめている。大柄な武士との間合を読んでいるのだ。居合は抜きつけの一刀をはなつおりの敵との間合が大事だった。脇構えからの一撃も、打ちかかる間合を読まねばならないのだ。

ジリジリと、大柄な武士が打ち込みの間境に迫ってきた。

ふいに、大柄な武士の寄り身がとまった。打ち込みの間境まで、あと一歩である。大柄な武士は、まったく動かない菅井にこのまま間合に踏み込むのは、あぶない、と気付いたようだ。

武士は全身に気勢を込め、打ち込みの気配を見せた。気攻《きぜ》めである。

だが、菅井は微動だにしなかった。気を鎮めて、敵の動きを見つめている。

とそのとき、大柄な武士が、ドン！　と床を踏んだ。音と威嚇するような動きで、菅井の気を乱そうとしたのだ。

床を強く踏んだとき、武士の木刀の先が揺れた。この一瞬の隙を、菅井がとらえた。

すばやい動きで、一歩踏み込み、
イヤアッ！

裂帛《れっぱく》の気合を発しざま、脇構えから逆袈裟《ぎゃくげさ》に打ち込んだ。まさに、居合の抜きつけの一刀をみるような神速の一撃だった。

咄嗟《とっさ》に、大柄な武士は身を引いて木刀で菅井の一撃を受けようとした。

が、間に合わなかった。

菅井の木刀が、大柄な武士の右腕を強打した。

カラン、と音をたてて、大柄の武士の木刀が足下に落ちた。武士は呻《うめ》き声を上げて、後じさった。

大柄な武士は右腕を左手で押さえ、激痛に顔をゆがめた。右腕が、だらりと垂れている。菅井の一撃で、骨が砕けたのかもしれない。

菅井が間合をつめ、さらに一撃くわえようとすると、

「待て！」

と言って、痩身の武士が立ち上がった。

「次は、おれが相手だ」

痩身の武士は、すばやく板壁にかかっている木刀を手にすると、菅井の前にまわり込んだ。

……こやつ、遣い手だ！

と、源九郎はみてとった。

一見痩せて見えるが、武士の胸は厚く、腰もどっしりしていた。厚い筋肉でおおわれているようだ。剣の修行で鍛えた体であることは、着物の上からもみてとれた。

六

「次は、わしの番だな」

源九郎が立ち上がった。木刀の勝負では、菅井が後れをとるかもしれないとみたのである。

「ここは、華町にゆずろう」

菅井は、手にした木刀を源九郎に渡しながら言った。

瘦身の武士が、源九郎を見つめて、

「年寄りだが、遣えそうだな」

と、低い声で言った。歳は三十がらみであろうか。鷲鼻《わしばな》で、細い眉をしていた。双眸が切っ先のようなするどいひかりを宿している。

「わしの名は、華町源九郎、牢人だ」

源九郎は名乗った。隠すことはないのである。

「おれも牢人だ。名は柴田平十郎《しばたへいじゅうろう》」

柴田も隠さずに名乗った。

「まいろうか」

源九郎が言った。

「おお！」

柴田が声を上げた。

源九郎は、柴田と三間半ほどの間合をとって対峙した。

源九郎の顔が豹変していた。源九郎は丸顔で垂れ目だった。どこか茫洋《ぼうよう》とした憎めない顔をしていたのだが、その顔に剣客らしい凄《すご》みがくわわっていた。柴田を見つめた双眸には、射るようなひかりがある。

源九郎は青眼に構えた。木刀の先が、柴田の目線にピタリとつけられていた。腰の据わった隙のない構えである。

対する柴田は、八相に構えた。低い八相である。木刀を寝かせ、右肩に担ぐように構えている。

……なかなかの遣い手だ！

と、源九郎は察知した。

隙のない、腰の据わった構えである。柴田は痩身で中背だったが、その体が大きく見えた。構えの威圧で、体が大きく感じられるのだ。

柴田は趾《あしゆび》を這うようにさせて、ジリジリと間合をせばめてきた。巨岩が迫ってくるような威圧がある。

源九郎も動いた。木刀の先を目線につけたまま、すこしずつ間合をつめ始めた。お互いが相手を引き合うように、ふたりの間合がせばまっていく。間合がつまるにつれ、ふたりの剣気が高まり、打ち込みの気配が高まってきた。門弟たちは息を呑んで、源九郎と柴田の動きを見つめている。

道場のなかは、息づまるような緊張につつまれていた。

突如、ふたりの寄り身がとまった。一足一刀の間境の一歩手前である。

ふたりは、全身に気勢を込め、打ち込みの気配を見せた。気攻めである。ふたりとも気で攻め、相手の気の乱れをついて、打ち込もうとしたのだ。ふたりは動かず、気合も発せず、気だけで敵を攻めた。

気の攻防がつづいた。痺《しび》れるような剣気がふたりをつつんでいる。

どれほどの時間が経過したのか。ふたりに時間の意識はなかった。動きがとまり、音も消えている。

ふたりの剣気が異様に高まってきた。潮合《しおあい》である。

つッ、と源九郎が、木刀の先を突き出した。源九郎が先に仕掛けたのである。

源九郎の木刀の動きで、ふたりをつつんでいた剣の磁場が裂けた。

ほぼ同時に、ふたりの体に打ち込みの気がはしった。

タアアッ!

トオッ!

ふたりは裂帛の気合を発し、木刀を打ち込んだ。

源九郎が踏み込みながら袈裟に。柴田が八相から袈裟に。ほぼ同時に、ふたりの木刀が弧を描いた。

袈裟と袈裟。

戛《かつ》、と甲高い音をたてて、ふたりの木刀が撥《は》ね返った。

次の瞬間、ふたりは二の太刀をはなった。

源九郎は敵の手元に突き込むように籠手をみまい、柴田は後ろに身を引きながら、木刀を横に払った。一瞬の太刀捌《たちさば》きである。

バサッ、と音がして、源九郎の左袖が揺れた。横に払った柴田の木刀が、袖を打ったのだ。

一方、柴田の木刀が、大きく揺れていた。顔が苦痛にゆがんでいる。源九郎の木刀が、柴田の右手の甲を打ったのだ。

源九郎はふたたび青眼に構え、木刀の先を柴田の目線につけた。柴田は八相に構えようとしたが、木刀を下げて後じさった。右手の甲を強打されて、木刀がうまく握れないようだ。

「おのれ！」

柴田は怒りに顔を染めて声を上げた。

「まだ、くるか」

源九郎は、木刀の先を柴田にむけた。

「覚えておれ！　この借りは、かならず返す」

柴田は吐き捨てるように言うと、手にした木刀を床に落として反転した。

柴田が道場から逃げだすと、大柄な武士が慌てて後を追った。源九郎は追わなかった。道場のなかほどに立ったまま、柴田の背を見つめている。

ふたりの姿が道場から消えると、固唾を呑んで勝負の行方を見守っていた門弟たちが、いっせいに歓声を上げた。磯次や猪吉は床を飛び跳ね、歓喜の雄叫《おたけ》びを上げている。まるで、合戦にでも勝ったような騒ぎようである。

島田は源九郎に近付くと、

「おふたりのお蔭で、道場を破られずにすみました」

そう言って、菅井にも目をむけた。

「あの手の男は、これからも来るぞ」

源九郎が木刀を手にしたまま言った。

「そのときは、また、おふたりにお願いします」

島田は涼しい顔をして言った。

七

源九郎は、長屋の座敷で傘張りをしていた。源九郎の生業は傘張りである。ただ、傘張りだけでは食っていけず、華町家からの合力もある。

今日は朝から晴天だったので、菅井も顔を出さないはずである。源九郎は片襷を掛け、傘の骨に張った紙に荏油《えのあぶら》を塗っていた。

そのとき、戸口に近付いてくる複数の足音がし、

「華町の旦那、いやすか」

と、磯次の声が聞こえた。

「いるぞ」

「入《へえ》りやすぜ」

すぐに、腰高障子があいた。顔を見せたのは、四人だった。島田道場の門弟の磯次、猪吉、安之助、それに庄助《しょうすけ》だった。庄助は吉造《よしぞう》という手間賃稼ぎの伜だった。庄助は十二、三歳で、まともな仕事にはついていなかった。ときおり吉造といっしょに普請場に出かけて手伝っているらしい。

四人は土間に並んで、腰をかがめている。

「どうした四人、そろって」

源九郎は荏油を塗る刷毛《はけ》の手を休めて訊いた。

「へい、ご師範代に、ご挨拶に上がりやした」

年嵩《としかさ》の磯次が、声をあらためて言った。

「いったい、どうしたのだ」

源九郎は刷毛を置いて、四人に体をむけた。

「庄助が、島田道場に入門しやして、ご師範代の華町の旦那と菅井の旦那に挨拶しにきやした」

磯次が言うと、庄助が、

「ご師範代、よろしくお願いいたしやす」

と、言って、深々と頭を下げた。

「島田に言われてきたのか」

師範代になった覚えはないが、島田がそう言ったのだろう。

「へい、お師匠に言われてきやした」

磯次が言った。

「挨拶はどうでもいいのだが……。庄助、吉造はおまえに剣術を習ってもいいと言ったのか」

吉造は、倅の庄助を大工にしたいはずである。大工に、剣術など必要ないのだ。

「おとっつァんは、晴れた日はだめだが、雨の日は仕事にならねえから行ってもいいと言いやした」

庄助が背筋を伸ばして声を上げた。

「うむ……」

それでは、たいした稽古もできまい、と源九郎は思ったが、黙っていた。磯次や猪吉もそうだが、すこし経てば熱も冷めるだろう。

源九郎が口をつぐんでいると、

「華町の旦那、ここ三日の間に、四人も新しい門弟が入《へえ》ったんですぜ」

と、磯次が身を乗り出すようにして言った。

源九郎と菅井が、道場破りを追い返して七日経っていた。その後、源九郎も島田道場の近くに住む御家人の子弟が三人入門したと聞いていた。さらに、四人も入門者があったらしい。

「道場も賑やかになったろうな」

源九郎は、いいことだと思った。入門者が増えれば活気が出て、稽古にも熱がはいるだろう。

「このところ、道場の評判がよくなりやしてね。これからも入門者は増えるはずでさァ」

磯次たちが話したことによると、源九郎と菅井が道場破りを打ち負かしたことが界隈に知れ、島田道場には道場主だけでなく、遣い手が何人もいるとの評判がたち、本所、深川、川向こうの浅草あたりからも、新たな入門者があったという。

「お師匠は、華町の旦那や菅井の旦那のお蔭だと喜んでいやした」

と、磯次が言い添えた。

「いや、わしらのせいではない。島田の指南がいいからだろう」

源九郎は、島田がどんなふうに指南してるか知らなかったがそう言っておいた。

「あっしらは、これから稽古に行きやす」

磯次が言うと、安之助たち三人も顔をひきしめてうなずいた。年嵩の磯次が、四人のなかでは兄貴格らしい。

「朝の稽古は、何時《なんどき》からだ」

源九郎が訊いた。

「五ツ（午前八時）からです」

「これからでは、稽古に遅れるのではないのか」

陽の高さからみて、五ツごろではないかとみたのだ。

「走っていきやす」

そう言って、磯次が戸口から飛び出すと、他の三人がつづいた。

四人の足音が遠ざかると、源九郎はふたたび傘張りの仕事を始めた。それから小半刻（三十分）ほどしたとき、ふたたび戸口に近寄る足音が聞こえた。足を引き摺《ず》るような弱々しい足音である。

「華町どのは、おられるかな」

腰高障子の向こうで、男の嗄《しやが》れ声が聞こえた。物言いからして武士らしい。

「入ってくれ」

源九郎は片襷をはずしながら言った。

腰高障子があいて姿を見せたのは、小柄な初老の男だった。安之助の父親の太田左衛門である。

「太田どの、お久し振りでござる」

源九郎は、上がり框《かまち》の近くに出てきた。

　源九郎は太田をよく知っていた。同じ長屋の住人というだけでなく、牢人で傘張りを生業にしていることもいっしょである。ただ、昵懇《じっこん》というわけではなく、顔を合わせると挨拶をする程度であった。

「掛けてくれ」

源九郎が言うと、太田は上がり框に腰を下ろした。

太田は面長で、陽に灼《や》けた浅黒い顔をしていた。腰高障子が陽を浴びて白く輝いているせいか、細い目をしょぼしょぼさせている。顔が陽に灼けているのは、ときおり日傭取りに出ているせいであろう。

「茶でも淹《い》れましょうかな」

源九郎がそう言って立とうとすると、

「いや、かまわんでくれ。すぐ、帰る。わしは、華町どのに一言礼が言いたくてまいったのだ」

太田が源九郎に顔をむけて言った。

「はて、太田どのに、礼を言われるような覚えはないが」

そう言って、源九郎は座りなおした。茶を淹れると言ったが、湯がないので竈に火を焚き付けねばならなかったのだ。

「倅の安之助のことでござる。華町どののお蔭で、張り切って剣術の稽古に取り組んでいるようでござる」

太田によると、安之助は道場の稽古だけでなく、朝も早く起きて長屋の隅で木刀を振っているという。

「それはなにより」

そうした熱意と独自の稽古が、剣術の腕を上げる近道なのである。

「わしは、何とか安之助に、武士らしい暮らしをさせたいと思っているのだ」

太田がしんみりした口調で話した。

太田は微禄の御家人の冷や飯食いに生まれたそうだ。嫡男が家を継ぐと、家のなかに太田の居場所がなくなり、長屋暮らしを始めたという。家を出た当初は、実家からの合力もあったが、嫡男が嫁をもらい子供が生まれると、合力も途絶えるようになった。

やむなく、太田は傘張りや日傭取りに出て口を糊していた。そうしたおり、やはり微禄の御家人の娘と知り合って所帯をもった。ふたりの間に生まれたのが、安之助である。親子三人、貧しいながら幸せに暮らしていたが、安之助が十歳のおり、妻女は流行病《はやりやまい》にかかって急逝した。その後、太田は安之助とふたりで暮らしてきたという。

「わしの望みは、安之助に武士らしい暮らしをさせてやりたいということだけなのだ。それには、剣術で身をたてるしかないと思っている。……このご時世、仕官するなどとうてい無理だからな」

太田が言った。

「仕官はむずかしいな」

源九郎も、長屋住まいの牢人の子が、仕官するなどよほどのことがなければ無理だろうと思った。

「そうしたおり、島田どのが近所に道場をひらき、安之助も入門することができた。しかも、安之助は華町どのや菅井どのの見事な手並を見て心を打たれ、親も驚くほど稽古に励むようになった。……これもみな、華町どのや菅井どののお蔭でござる。わしからも一言礼を言いたくて、仕事の邪魔だとは思ったが、顔を出した次第なのだ」

そう言うと、太田は源九郎に体をむけてあらためて頭を下げた。

「太田どの、礼を言わねばならぬのは、島田やわしらだ。島田道場はひらいたばかりでな。安之助のような若者が入門してくれるのは、ありがたいことなのだ」

世辞ではなく、源九郎は、島田道場にとって安之助は大事な門弟のひとりだろう、と思った。

ただ、島田道場はひらいたばかりである。それに、島田は道場主としては若過ぎる。どこまでやっていけるか、源九郎の胸には一抹の不安があった。

第二章　待ち伏せ

一

本所横網町の島田道場――。

道場内に、気合、竹刀《しない》を打ち合う音、床を踏む音などが耳を聾《ろう》するほどにひびいていた。

六人の門弟がふたりずつ三組に分かれ、防具を着けて試合稽古を行なっていた。試合稽古は、実戦さながらに竹刀で打ち合う稽古法である。他の門弟たちも防具を着け、道場の左右に分かれて、場所があくのを待っている。

磯次、猪吉、安之助、庄助、それに三人の若い門弟が、稽古着姿で道場の隅に並び、木刀を振っていた。七人とも初心者だった。まず、木刀の素振りから稽古を始めたのである。

島田は師範座所に座して稽古の様子を見ていたが、いっときすると腰を上げ、磯次たちのそばに来て、素振りを指南し始めた。

「よいか、背筋を伸ばし、振り下ろすときに手の内を絞るのだぞ」

そう言って、島田は木刀を振って見せた。

磯次たちは、エイッ！　エイッ！　と気合を発しながら、懸命に木刀を振った。だが、腕だけで振りがちで、腰がふらつき、太刀筋がまがっている。

「顎を引き、手の内を絞るのだ。茶巾《ちゃきん》を絞るようにな」

島田に言われたとおり、磯次たちは木刀を振ろうとするが、なかなかうまく振れない。

「肩の力を抜いて、ゆっくりとな」

島田がおだやかな声で言った。

島田の指南はやさしく丁寧だった。体をたたいたり怒鳴りつけたりすることは、決してなかった。

それから、小半刻（三十分）ほどしたとき、佐賀峰太郎《さがみねたろう》という門弟が、

「やめ！　稽古、やめ！」

と、声を上げた。試合稽古が終了したのである。

佐賀は二十五歳、島田より年長だったし、神道無念流もそこそこ遣えたので、稽古のおりの師範代役をつとめていた。

門弟たちは竹刀を下ろし、道場の左右に分かれて座し、まず籠手と面をとった。磯次たちも、試合稽古をしていた門弟たちにつづいて座した。どの顔も、紅潮し、汗にまみれている。

門弟たちは端座し、師範座所を背にして座った島田と佐賀の稽古についての話を聞いてから、ふたりに一礼して立ち上がった。これで、朝稽古は終わりである。

十人ほどの門弟が、道場の脇にある着替えの間に入って着替えを始めた。磯次たち若い門弟は、雑巾で床の拭き掃除を始めた。稽古後の掃除は、若い門弟の役割である。

島田が道場から母屋にもどろうとしたときだった。戸口のそばにいた渋谷《しぶや》という門弟が小走りに島田のそばに来て、

「お師匠、客人です」

と、伝えた。渋谷の顔がこわばっている。

掃除をしていた磯次たち若い門弟も掃除の手をとめて、島田と渋谷に視線をむけた。磯次たちの胸に、道場破りのことがよぎったのである。

「武士か」

島田が訊《き》いた。

「はい、それも五人」

「五人だと」

島田は、どういう用件で来たのか分からなかったが人数が多いと思った。

「ともかく、道場へ通してくれ」

「は、はい」

渋谷は、すぐに戸口へもどった。

待つまでもなく、渋谷が五人の武士を連れてきた。いずれも、羽織袴姿である。二刀を腰に帯びていた。御家人か江戸勤番の藩士といった身装《みなり》である。

……道場破りではない。

と、島田はすぐに察知した。五人の武士の身辺に殺気だった雰囲気がなかった。それに、道場破りが五人もで乗り込んでくるとは思えなかったのである。

五人のなかほどにいた年配の武士が、

「道場主の島田藤四郎どのでござろうか」

と、物静かな声で訊いた。

「いかにも、島田でござる」

島田が答えると、他の四人の武士の顔に驚きの表情が浮いた。おそらく、島田が若かったからであろう。

四人の武士も若く、二十歳前後の者が多いように思われた。

「して、ご用の筋は」

島田が訊いた。

すると、年配の武士の脇にいた大柄な武士が、

「門人にくわえていただきたく、まかりこしました」

と言って、ちいさく頭を下げた。

「そういう話なら、奥でお聞きしましょう」

島田は、こちらへ、と言って、五人の武士を道場のつづきにある座敷に案内した。そこは、道場の客を応接するための狭い座敷で、座布団がおいてあるだけである。それでも障子をあけると、母屋の前のわずかばかりの庭が見え、解放された気分になれる。

「それがし、陸奥国《むつのくに》、松浦藩《まつうらはん》の用人、久保田甚助《くぼたじんすけ》にござる」

島田と対座した年配の武士が名乗った。

久保田につづいて、四人の武士も名乗った。いずれも、松浦藩の家臣である。名は、小山新三郎《おやましんざぶろう》、杉山小太郎《すぎやまこたろう》、矢口豊次郎《やぐちとよじろう》、松井田助蔵《まついだすけぞう》とのことだった。

「小山たち四人はいずれも江戸勤番の者で、本所、深川、神田の町宿で暮らしております。在府のおりに江戸の道場にて剣術の修行をすることが望みでござって、道場を探していたのでござる。……そのようなおり、貴公の道場の噂を耳にしました。町宿に近いことも考慮いたし、入門させてはいただけぬかとまかりこした次第でござる」

久保田が丁寧な口調で言うと、

「われらを、門人にくわえてくだされ」

小山が言い、四人がそろって低頭した。

どうやら、用人の久保田が、江戸で剣術の修行を望んでいる藩士たちを連れてきたらしい。それも、島田道場に通える近隣に住む者だけのようだ。

後で分かったことだが、松浦藩の場合、用人は家老に次ぐ重職で、外務交渉にもあたり、他藩の留守居役に当たるという。

「承知しました。見てのとおり、それがしは弱輩ゆえ十分な指南はできませんが、それでよければ、道場に通ってくだされ」

島田にとっては願ってもないことだった。大名の家臣が門弟にくわわれば、道場に箔が付くだけでなく、活気が出るだろう。それも、ひとりではなく一挙に四人である。

「かたじけのうござる」

小山が言った。四人のなかでは、小山が年嵩《としかさ》だった。

「ところで、そこもとたちがこれまで修行されたのは何流かな」

島田は、小山たち四人の体軀《たいく》や身のこなしから、すでに剣術の修行を積んでいるとみたのである。

「それがしと杉山は、一刀流《いっとうりゅう》を」

小山によると、ふたりは江戸に出てから三年ほど、神田平永町《ひらながちょう》にある一刀流中西派《なかにし》の河合《かわい》道場に通っていたという。道場主は、河合市之助《いちのすけ》である。河合は下谷練塀小路《したやねりべいこうじ》にある一刀流中西派の道場で修行した後、平永町に道場をひらいたはずである。ただ、河合が道場をひらいてから、十数年経っているはずなので、新しい道場ではなかった。

矢口と松井田は出府してからまだ半年ほどで、国許にいるおり東軍流《とうぐんりゅう》を修行したそうだ。東軍流は、川崎鑰之助《かわさきかぎのすけ》がひろめた流派だった。江戸で東軍流を修行する者はすくなく、門人を集めている道場もないはずだった。

「小山どのと杉山どのは、どこから河合道場に通われていたのですか」

島田が訊いた。

「ふたりとも、深川清住町《きよすみちょう》に住んでおりまして、平永町まで通うのに難儀しておりました。それに、心気を一新いたし、修行しなおしたい気持ちもございまして……」

そう言って、小山は語尾を濁した。杉山は視線を膝先に落としただけで、何も言わなかった。

島田はそれ以上訊かなかった。小山たちが河合道場をどのような理由でやめたとしても、島田とはかかわりがないのだ。それに、小山が言うとおり、深川清住町から平永町に通うには遠過ぎるだろう。

それから、小半刻（三十分）ほど話してから久保田たち五人は腰を上げた。

座敷から出るおり、久保田が足をとめ、

「他にも、入門を望む者がおるかもしれませぬ。そのせつは、よしなに」

と小声で言って、道場に足をむけた。

二

「おい、おれの掌《て》を見てくれ」

道場を出たところで、磯次が猪吉と安之助に両手をひらいて見せた。いくつも肉刺《まめ》ができていた。なかには、潰れて皮が剝《む》けかかっているものもある。竹刀や木刀の素振りで、できたのである。

今日は、庄助の姿がなかった。父親の吉造と仕事に出かけ、稽古を休んだのである。

「おれもだ」

猪吉も同じように肉刺ができていた。

「安之助、おまえはどうだ」

歩きながら、磯次が安之助に訊いた。

「おれも、できている。見てくれ」

安之助は、磯次と猪吉に見えるように掌をひらいて見せた。安之助の掌はひどかった。厚い皮がべろっと剝け、血が滲んでいた。

「おまえ、ひどいな。痛くないか」

猪吉が眉宇《びう》を寄せて言った。

「寝る前に冷たい水に浸して、布切れを巻いておくのだ。そうすると、たいして痛くないぞ」

「おれもやってみよう」

猪吉が言うと、

「安之助は、長屋に帰ってからも木刀を振っているんだ。それに、おれたちのように稽古を休まないからな」

磯次が感心したように言った。

そんなやり取りをしながら、三人は回向院の裏手まで来た。

「おい、あの三人、おれたちを見てるぞ」

磯次が、安之助に身を寄せて小声で言った。

路傍に三人の武士が立って、磯次たち三人に目をむけていた。三人とも羽織袴姿で、二刀を帯びていた。

「だれかを待っているようだな」

安之助が小声で言った。

「おれたちじゃァねえ」

と、猪吉が言った。

三人の武士は、磯次たち三人に目をむけていたが、いまは視線を横網町の方へむけていた。

「早く行こうぜ。気味が悪《わり》いや」

磯次たち三人は足を速めて、その場を通り過ぎた。

磯次たちから一町ほど離れたところを竹本与之助《たけもとよのすけ》と松村俊造《まつむらしゅんぞう》が歩いていた。ふたりとも、島田道場の門弟で、本所緑町《みどりちょう》に住む御家人の子弟である。ふたりは、小袖に小倉袴で、手に剣袋を携えていた。まだ、ふたりとも十六、七歳と若かった。いかにも剣術道場の稽古の帰りといった格好である。

三人の武士は竹本と松村の姿を目にとめると、通りに出てきて行く手をはばむように立った。

「つかぬことを訊くが、そこもとたちは島田道場の者か」

ふたりの前に立った大柄な武士が訊いた。三十がらみ、眉が濃く、頤《おとがい》の張ったいかつい顔の主である。

「そうですが……」

竹本が不安そうな顔をした。三人の武士は、あきらかに竹本たちの行く手を遮っていた。それぞれの身辺に威圧するような雰囲気がある。

「いま、島田道場には門弟が何人ほどいるのだ」

大柄な武士が訊いた。物言いが、権高である。

「二十五、六人ですが」

松村が怪訝《けげん》な顔をした。なぜ、道場の門弟のことなど訊くのか、理由が分からなかったからである。

「道場主の島田は、まだ若いそうだな」

「はい、二十三歳だそうです。……なぜ、そのようなことを訊くのですか」

竹本が不審そうな顔を大柄な武士にむけた。

「いや、おれの弟も入門させようと思ってな。……ところで、松浦藩の者が入門したと聞いたが、何人入門したのだ」

「五人です」

小山たち四人が入門して五日経っていた。その後、さらに高山幸之助《たかやまこうのすけ》という若い藩士が新たに入門したのだ。

「五人か」

大柄な武士が渋い顔をして、口をつぐんだ。

すると、脇に立っていた長身の武士が、

「ところで、島田道場に遣い手の師範代がいるそうだな。道場破りをみごとに打ちのめしたそうではないか」

と、訊いた。女のように、高いひびきのある声をしていた。

「華町どのと、菅井どのです」

竹本が声を大きくして言った。

「ひとりは、居合の遣い手と聞いているが」

「はい、菅井どのです。……ですが、道場破りを負かしたのは、木刀です。居合を遣わなくても、強いんです」

竹本が言うと、松村が大きくうなずいた。

「華町というのは、年寄りだそうだな」

大柄な武士が訊いた。

「はい。ですが、お師匠より強いと評判です」

「それで、華町と菅井の住居は？」

「おふたりとも、はぐれ長屋です」

「はぐれ長屋だと」

大柄な武士が、驚いたような顔をして聞き返した。

「伝兵衛店ですが、近所の者ははぐれ長屋と呼んでるんです」

「そのはぐれ長屋だが、どこにあるのだ」

「相生町ですが」

そう答えて、松村は不安そうな顔をした。問われるままに、しゃべり過ぎたと思ったのである。それに、三人の武士の問いは執拗《しつよう》だった。まるで、咎人《とがにん》に対する訊問のようである。

「急ぎますので、これにて……」

そう言い残し、松村が竹本に目配せして回向院の方へ歩みだしたときだった。

ふいに、もうひとりいた中背の武士が、松村たちの前にまわり込んできて抜刀した。細い目をした丸顔の男である。

「な、何をするんです！」

松村が叫んだ。顔がひき攣《つ》っている。

「まァ、命だけは助けてやろう」

中背の武士がくぐもった声で言い、刀身を峰に返した。口許に薄笑いが浮いている。

「竹本、逃げるぞ！」

そう声を上げ、松村が中背の武士の脇をすり抜けようとしたときだった。

中背の武士の体がひるがえり、閃光《せんこう》がはしった。

迅《はや》い！　一瞬の斬撃《ざんげき》である。

ギャッ、と悲鳴を上げ、松村の体がよろめいた。右腕が、だらりと垂れている。中背の武士がはなった一撃が、松村の右の二の腕をとらえたのだ。峰打ちだが、強い打撃だったため、二の腕の骨が折れたようだ。

「助けて！」

竹本が悲鳴のような声を上げて、駆けだそうとした。

刹那《せつな》、中背の武士の刀身が、ふたたび煌《きら》めいた。腰を沈めざま胴へ。神速の太刀捌《たちさば》きである。

ドスッ、と皮肉を打つにぶい音がし、竹本の上半身が折れたように前にかしいだ。中背の武士の峰打ちが竹本の腹を強打したのだ。

竹本は前屈みの格好のままよろめいた。足がとまると、その場に膝を折ってうずくまってしまった。腹を両手で押さえ、苦しげな呻《うめ》き声を洩《も》らしている。

松村も、右腕を左手で押さえたまま路傍にかがんでいた。蒼ざめた顔をし、恐怖で身を顫《ふる》わせている。

「島田に伝えておけ、そのうち門弟はひとりもいなくなるとな」

そう言って、大柄な武士が口許に嘲笑《ちょうしょう》を浮かべた。

三

「おい、その金《きん》はだめだ」

菅井が顔をしかめて言った。

源九郎が、王の後ろに金を打ったのだ。源九郎の角がきいていて、王手、飛車取りの妙手である。

源九郎の家だった。今日は朝から小雨で、さっそく菅井が将棋盤をかかえて源九郎の家へやってきたのだ。

「だめだとは、どういうことだ」

「それは、まずい。いきなり、金を打ってくる手はないぞ」

菅井は腕組みして、将棋盤を睨みながら言った。

「いきなり打つに決まっているではないか。それとも、次は金を打つと断ってから打つのか」

王を逃がしても、勝負はみえていた。後、五、六手でつむだろう。

「うむ……」

菅井は低い唸《うな》り声を上げて長考に入った。般若《はんにゃ》のような顔が赤みを帯び、鬼のような顔になってきた。

……いまさら、考えても遅いわい。

と源九郎は思ったが、何も言わず、膝脇に置いてあった湯飲みに手を伸ばし、冷めた茶をすすった。

「この金、待ってはくれまいな」

菅井がつぶやくように言った。

「当然だ」

源九郎が湯飲みを手にしたまま言った
「ここで、飛車をとられたら、形勢がかたむく」

「……」

形勢がかたむくどころか、五、六手でつむのだ。

「ええい！　もう一局だ」

言いざま、菅井が両手を伸ばして盤の上の駒を掻《か》き混ぜてしまった。

「まだ、やるつもりなのか」

源九郎はうんざりした。すでに、朝から三局勝負をしたのだ。源九郎の二勝一敗だった。

源九郎が駒を並べず、湯飲みを手にしたまま盤を見ていると、

「華町！」

と、菅井がとがった声で言った。

「今朝の握りめしは、おれが持参したのだな」

「そ、そうだが」

「握りめしはいくつあった」

「四つだ」

「ならば、もう一勝負せねばなるまい。握りめしの数と合わぬではないか」

「な、なに……」

握りめしの数と将棋の勝負と何のかかわりがあるのだ。源九郎は、あきれてものも言えなかった。

それでも、源九郎は駒を並べ始めた。将棋になると、子供のように夢中になる無邪気なところが、菅井の憎めないところでもある。

駒を並べ終えて、さァ、指そうというとき、腰高障子があいて、茂次が顔を出した。茂次だけではなかった。背後に、島田の顔があった。

「島田の旦那をお連れしやした」

茂次は勝手に土間に入ってきた。

「おお、島田、将棋を指しに来たのか」

菅井が声を上げた。

「いえ、将棋ではないんですが……」

島田は戸惑うような顔をして言った。

「なんだ？」

「おふたりに話がありまして」

「話か、まァ、上がれ。話なら将棋を指しながらでもできる。華町の次は、島田と一勝負だな」

菅井が口許に薄笑いを浮かべて言った。将棋の相手があらわれたので、機嫌がいいようだ。

「それでは、上がらせてもらいます」

島田が框《かまち》から座敷に上がり、将棋盤の脇に腰を下ろした。茂次も、島田の脇に胡座《あぐら》をかいた。

「ところで、萩江どのはどうしたな」

源九郎が訊いた。

「いっしょに来たんですけど、お熊さんたちと話してます」

島田が言うと、

「井戸端で、嬶《かかあ》連中につかまっちまったんでさァ」

茂次が、将棋盤を覗きながら言い添えた。

そのとき、将棋盤に目をやっていた菅井が、おれが、先手だ、と言って、歩を進めた。

「ところで、なんだ、話というのは？」

言いながら、源九郎も盤上の駒に手を伸ばした。

「気になることがありましてね。……三日前に、若い門弟の竹本と松村が稽古帰りに、三人の武士に襲われ、怪我をしたのです。松村が腕の骨を折られ、竹本は肋骨《ろっこつ》をやられました」

島田が、竹本たちが襲われたときの様子をかいつまんで話した。

「木刀で襲われたのか」

源九郎は驚いたような顔をした。

「いえ、真剣で峰打ちにされたそうです」

島田が言った。

「それで、相手は？」

「分からないのです。松村たちは、御家人ふうだと言ってましたが……」

「追剝《おいは》ぎの類《たぐ》いではないようだが……。松村たちに、襲われるような覚えはないのか」

追剝ぎが、道場帰りの若侍を襲うとは思えなかった。

「ないそうです。それに、三人の武士のことは、まったく知らないと言ってました」

「うむ……」

将棋の勝負はとまっていた。菅井も、顔を島田にむけている。

「その三人が、道場のことだけでなく、華町どのや菅井どののこともいろいろ訊いたそうです」

「わしと菅井のことをな」

源九郎は、三人の武士に思い当たることはなかった。菅井に目をやると、首をひねっている。菅井も心当たりはないようだ。

「はい、おふたりが道場破りを打ち負かしたことも訊いたそうです」

「そやつら、わしと菅井が相手した道場破りとかかわりのある者たちではないのか」

源九郎は、道場で敗れた仕返しに、若い門弟を襲ったのではないかと思った。

「わたしも、そう思いましたが……。他にも、気になることがありまして」

島田の顔に憂慮の翳《かげ》が浮いていた。

「なんだ、気になることとは」

脇から、菅井が訊いた。

「三人の武士のうちのひとりが、そのうち門弟はひとりもいなくなる、とわたしに伝えろと言い置いて、去ったらしいんです」

「門弟がいなくなる、とはどういうことだ」

菅井の声が大きくなった。

「分かりませんが、松村と竹本を襲っただけではすまないようです」

島田が、源九郎と菅井に目をむけて言った。顔がひきしまり、双眸《そうぼう》が強いひかりを帯びている。

「島田道場をつぶすということではないのか」

源九郎が低い声で言った。

「それに、華町どのと菅井どのを襲うかもしれません」

島田の顔がけわしくなった。

「油断できんな」

源九郎が虚空を睨むように見すえて言った。

四

腰高障子に走り寄る音がし、ガラリ、と障子があいた。

「華町の旦那、大変《てえへん》だ！」

障子の間から、男が顔を突き出して叫んだ。はぐれ長屋に住む手間賃稼ぎの大工、忠助《ちゆうすけ》である。

「どうした、忠助」

傘張りをしていた源九郎は、刷毛《はけ》を置いて立ち上がった。

「や、やられてる！」

「だれが、やられてるんだ」

「い、磯次たち四人が……」

忠助が、声をつまらせて言った。

「場所はどこだ！」

源九郎の脳裏に島田の話がよぎった。磯次たち四人は道場の帰りに、三人の武士に襲われたのではあるまいか。

「回向院の裏手でさァ」

「すぐ、行く！」

源九郎は刀をつかんで土間に下りながら、

「菅井に知らせてくれ。……太田どのにもな」

と、忠助に頼んだ。安之助の父親は武士である。老いてはいたが、いざとなれば刀を遣うこともできるだろう。

「へ、へい」

忠助が、戸口から飛び出していった。

忠助の後を追うように、源九郎も戸口から走り出た。

路地木戸から飛び出し、路地をたどって竪川沿いの通りに出た。七ツ（午後四時）ごろだったが、ふだんより人影はすくなかった。今にも降ってきそうな空模様のせいかもしれない。通行人たちは、足早に通り過ぎていく。

源九郎は竪川沿いの通りを走りながら、

……間に合ってくれ！

と、胸の内で念じた。

源九郎は、竪川にかかる一ツ目橋のたもとを右手におれた。しばらく道なりに行けば、回向院の裏手に出られる。

源九郎の息が上がってきた。胸の動悸《どうき》が激しくなり、足がもつれてきた。歳のせいか、走るのは苦手である。

だが、足をとめるわけにはいかなかった。磯次たちの命があやういのである。

源九郎は懸命に走った。

……あそこだ！

回向院の裏手まで来ると、前方に人だかりが見えた。ただ、斬り合っているような様子はなかった。路傍に人が集まっている。それも、町人たちだけで武士の姿はなかった。すでに、三人の武士は立ち去ったのかもしれない。

源九郎は人だかりに近付くと、

「ど、どいてくれ！」

と、声を上げた。息が苦しく、かすれたような声になった。

集まっていた野次馬たちは、老齢の武士が顎を突き出し、ゼイゼイと荒い息を吐きながら走り寄ってくるのを見て、慌てて身を引いた。

源九郎は、路傍にうずくまったり、尻餅をついたりしている四人の若者の姿を目にした。磯次、猪吉、安之助、庄助である。四人は苦しげな呻き声を洩らし、腹を押さえたり、肩先に手をやったりしている。

「ど、どうした！」

源九郎が声を震わせて訊いた。

四人が、いっせいに源九郎の方に顔を上げた。蒼ざめた四人の顔が、苦痛にゆがんでいる。

「は、華町の旦那ァ……。やられた」

磯次が泣き出しそうな声で言った。

「斬られたのか」

源九郎は、すばやく四人の体に目をやった。四人とも、血の色はなかった。斬られたのではないらしい。

「み、峰打ちです」

安之助が言った。

「だれが、やったのだ」

「お侍が、いきなりおれたちを取りかこんで……」

「三人の武士だな」

源九郎は、島田から聞いた三人の武士であろうと思った。

「へ、へい」

磯次が喉のつまったような声を出した。

「おのれ、長屋の者にまで手を出しおったか」

源九郎の胸に、強い怒りが衝《つ》き上げてきた。門弟とはいえ、四人とも剣術を習い始めたばかりである。まだ、素振りもまともにできないのだ。

源九郎と磯次たちがそんなやり取りをしているところへ、菅井と太田が駆けつけた。さらに、孫六、吉造、猪吉の父親の寅六《とらろく》、磯次の母親のおしげ、それに長屋の女房や男たちが十人ほど駆け寄ってきた。

「や、安之助!」

　太田が声を上げて、安之助のそばに駆け寄った。

「磯次、おまえ、どうしたんだい！」

　おしげがひき攣ったような声を上げて磯次に走り寄り、吉造や長屋の連中も心配そうな顔をして四人のそばに集まった。

「どうだ、四人の傷は」

　菅井が、源九郎に低い声で訊いた。前髪が額に垂れ、顔が走ってきたために紅潮し、双眸がひかっていた。夜叉《やしゃ》のような顔である。

「峰打ちでやられたようだ。骨が折れているな」

　源九郎は、四人の様子から打擲だけではないとみたのである。

「華町、やったのは島田が話していた三人の武士か」

　菅井が訊いた。

「そのようだ」

「おのれ、長屋の者にまで手を出しおったか」

　菅井が、怒りに声を震わせて言った。

「ともかく、四人を長屋に連れていこう」

　源九郎は、駆け付けた長屋の者たちに、打たれた箇所を動かさないようにして、四人を長屋に連れていくように話した。

その夜、東庵《とうあん》に長屋に来てもらった。東庵は相生町に住む町医者で、はぐれ長屋に住むような貧乏人も診《み》てくれるのである。

東庵の診断《みたて》によると、四人とも骨が折れているそうだ。磯次は左の二の腕、安之助は右の二の腕、猪吉は肋骨、庄助は肩の骨だという。四人とも、命に別状はないが、しばらく骨折箇所を動かさずに安静にしている必要があるそうだ。

……ともかく、助かってよかった。

源九郎は胸をなで下ろした。

五

翌日の午後、源九郎と菅井は島田道場に出かけた。島田からの使いが来て、道場に来てほしい、と源九郎に伝えたのである。

道場は静かだった。午後の稽古が終わった後である。源九郎と菅井は、島田に道場でいいと言ったが、島田に、萩江に茶を淹《い》れさせるので母屋に来てくれ、と言われ、母屋の居間に腰を落ち着けたのだ。

源九郎と菅井が座ると、すぐに萩江が茶道具を持って姿を見せ、茶を淹れてくれた。

「どうだな、ここでの暮らしは？　すこしは、落ち着かれたかな」

源九郎が萩江に訊いた。

萩江は、新妻らしく眉を落とし、鉄漿《かね》をつけていた。色白の肌とあいまって、娘とはちがう色香がある。

「いえ、まだ、何も分からず、みなさんに迷惑ばかりかけています」

萩江が、戸惑うような顔をして言った。その顔に、憂いの翳があった。長屋の若者が道場の帰りに襲われ、そのことで源九郎と菅井が来ていることを知っているのだろう。

「分からぬことは、島田にまかせてな。のんびり構えているといい」

旗本の娘が町道場主の妻になったのだから、戸惑うことばかりだろう、と源九郎は思った。

「ごゆっくりなさってくださいまし」

そう言い残して、萩江が居間から去ると、島田が、

「四人の怪我の様子はどうです」

と、小声で訊いた。

「幸い命に別状はないようだ」

源九郎が、東庵に診てもらったことと東庵の診断を島田に話した。

「それで、話とは？」

菅井が訊いた。

「道場の門弟が襲われたのは、これで二度目です。このまま放置しておくことは、できません。三人が何者かは分かりませんが、そのうち道場の門弟がひとりもいなくなるとまで言っているのです。これからも、同じようなことが起こるとみねばなりません」

島田が、強いひびきのある声で言った。

「うむ……」

源九郎も、さらに門弟たちが襲われるのではないかと思った。

「それで、頼みがあるのです」

「頼みとは？」

「華町どのたちに何者が何のために道場の門弟を襲うのか、つきとめて欲しいのです」

島田が源九郎と菅井に目をむけて言った。

「わしら、はぐれ長屋の五人にだな」

源九郎が、念を押すように訊いた。

五人とは、源九郎、菅井、孫六、茂次、三太郎のことである。これまで源九郎たちは、長屋で起こった事件はもとより、徒牢人《いたずらろうにん》に脅された商家の用心棒を引き受けたり、勾引《かどわか》された娘を助け出して礼金をもらったりしていた。そうしたことから、源九郎たちのことをはぐれ長屋の用心棒と呼ぶ者もいた。島田がはぐれ長屋に住んでいたときは、島田もその用心棒のひとりだったのである。

「はい」

島田はそう言うと、懐から折り畳んだ奉書紙を取り出した。金が包んであるらしい。

「手元に、十両しかありません」

島田は、これで、何とか、と言い添えて、奉書紙を源九郎の膝先に置いた。おそらく、十両は秋月家から道場開きに際して届けられた金の残りであろう。

源九郎たちは、相応の報酬を得て用心棒の仕事を引き受けていた。そのことは、島田も知っていたのである。

「どうする、菅井」

源九郎は、菅井に訊いた。

「受けねばなるまい。何者かは知れんが、長屋の若い者が四人もやられているのだからな。島田から話がなくとも、三人が何者なのか知りたいと思っていたのだ」

菅井がもっともらしい顔をして言った。

「よかろう、引き受けよう」

源九郎はそう言うと、膝先の奉書紙に手を伸ばした。

その場で奉書紙をひらくと、源九郎は五両だけ手にし、後は包みなおして島田の膝先に置いた。

「五両でいい。ひとり一両ずつだ。……菅井も言ったとおり、これは島田道場だけの問題ではない。長屋の四人の敵討ちでもある」

源九郎はそう言ったが、島田の手元に五両ぐらい残しておかなければ、島田と萩江の当座の暮らしがたたないだろうと思ったのだ。

「かたじけない」

島田は奉書紙に手を伸ばした。

それから小半刻（三十分）ほど、源九郎たちは三人の武士について話したが、三人を割り出す手掛かりになるようなことは出てこなかった。

「しばらく、門弟たちが帰るおりは、用心せねばならんな」

源九郎はそう言い置いて、腰を上げた。


島田道場を出ると、路地は淡い夕闇に染まっていた。源九郎と菅井は、足早にはぐれ長屋にむかった。

通り沿いの表店《おもてだな》は大戸をしめ、人影もまばらだった。居残りで遅くまで仕事をした出職の職人や仕事帰りに一杯ひっかけたらしい男などが通り過ぎていく。

はぐれ長屋は、夕闇のなかでひっそりと黒い輪郭だけを見せていた。

長屋の路地木戸をくぐり、源九郎の家のちかくまで行くと、戸口に立っている人影が見えた。

「おい、武士のようだぞ」

菅井が源九郎に身を寄せて言った。暗くてはっきりしなかったが、小袖に袴姿であることが見てとれたのだ。

「太田どのではないか」

源九郎は、その体付きに見覚えがあった。安之助の父親の太田左衛門である。

源九郎と菅井が戸口に近付くと、

「華町どの、菅井どの、おふたりに話があって待っておったのだ」

と、太田がしゃがれ声で言った。太田の顔に、苦悶《くもん》の色があった。安之助のことであろうか。

「安之助が、どうかしたのか」

源九郎は怪我をした安之助に何か異変があったのではないかと思った。

「いや、安之助に変わりはござらん。……ただ、安之助のことで相談がありましてな」

太田が小声で言った。

「ともかく、入ってくれ」

源九郎は先に立って家に入った。

菅井と太田が上がり框に腰を下ろしたのを見てから、源九郎は座敷の隅に置いてあった行灯《あんどん》に火を点《つ》けた。

「太田どの、何の相談かな」

源九郎が框ちかくに腰を下ろして訊いた。

「安之助のことでござる。……実は、寅六と吉造がわしの家に見えてな。剣術はしばらくできないし、島田道場をやめさせたいようなのだ」

寅六は猪吉の、吉造は庄助の父親である。

「うむ……」

源九郎は、そうした話になるのではないかと予想していた。そもそも、猪吉と庄助は町人だし、親たちには剣術より仕事を覚える方が先だとの思いがあったのだろう。

「安之助も、右手がしばらく使えないようだ。それで、剣術の稽古はどうしたものかと思ってな」

太田が視線を膝先に落として言った。

「安之助は、何と言っているのだ」

源九郎は、安之助次第だと思った。

「安之助にやめる気はないようだ」

「ならば、安之助にまかせたらいいのではないかな」

「わしも、そう思ってはいるのだが、懸念があってな」

「懸念とは？」

「東庵先生の診断は、安之助の右腕の骨が折れているとのこと。はたして、剣術の稽古ができるように回復するかどうか」

　太田の顔に不安そうな表情が浮いた。

「それなら、心配することはない。稽古ができるように回復するはずだ。わしは、稽古や立ち合いで、腕の骨を折った者を何人か見ている。……いずれも、その後回復して剣の遣い手になったからな」

　虚言ではなかった。多少、腕のまがった者もいたが、剣を遣うのにそれほどの支障はなかったはずだ。

「それならば、安心でござるが……」

　太田の顔にはまだ憂慮の翳が張り付いていた。

「他にも懸念があるのか」

　源九郎が訊いた。

「安之助たちを襲った者たちのことだが、なにゆえ、長屋の者たちを襲ったのか、安之助に訊いても分からんのだ。わしは、その者たちが今後も安之助たちに危害をくわえるような気がしてならんのだ」

　そう言って、太田が不安そうな目を源九郎にむけた。

「実は、そのことだがな。わしらふたりは、島田どのと相談してきたところなのだ。……安之助たちを襲った三人は何者なのか、つきとめた上で、今後も道場の門弟に手を出す懸念があれば、わしらと道場の者とで始末することにしたのだ」

源九郎は、道場の者もつけくわえて言った。源九郎たちだけでなく、島田道場もその気でいることを伝えれば、太田も安心できるのではないかと思ったからだ。

「それを聞いて、安堵《あんど》いたした」

太田の顔に、ほっとした表情が浮いた。どうやら、太田は安之助の怪我が回復しても道場に通わすことはできないと思っていたようだ。

六

本所松坂町《まつざかちょう》、回向院のちかくに亀楽《きらく》という飲み屋があった。その店の飯台のまわりに、男たちが集まっていた。顔をそろえていたのは、源九郎、菅井、孫六、茂次、三太郎の五人である。島田道場に出かけた翌日、源九郎が孫六たちに話して集めたのだ。

亀楽は源九郎たちの溜まり場だった。元造《もとぞう》という寡黙な親爺とお峰《みね》という婆さんがいるだけの小体《こてい》な店で、肴《さかな》は煮染か漬物、それに冷奴か焼き魚でもあればいい方だった。ただ、酒は安価で、長い時間腰を据えて飲んでいても文句ひとつ言わない。そうした気楽さがあって、はぐれ長屋の男たちは亀楽を贔屓《ひいき》にしていたのだ。

酒と肴がとどくと、源九郎が銚子を取って、

「ともかく、喉をしめしてくれ」

と言って、脇に腰を下ろした孫六の猪口《ちょく》に酒をついでやった。

「ヘッヘヘ……。ありがてえ。華町の旦那についでもらって、酒を飲めるとはよ」

孫六が、目を糸のように細めて言った。

孫六は酒に目がなかった。娘のおみよに、中風に酒はよくない、と言われ、家では飲めなかったので、源九郎たちと亀楽で飲むのを楽しみにしていたのだ。

菅井や茂次たちも、お互いに酒をつぎ合って猪口をかたむけた。

いっとき飲んだ後、源九郎が、

「今日は、みんなに話があって集まってもらったのだ」

と、切り出した。

「磯次たちがやられた件ですかい」

すぐに、茂次が訊いた。

「よく分かったな」

「長屋中で、話していやすからね。それに、旦那たちが、島田道場へ行ったことも知ってやすぜ」

「それなら話は早いが、島田に頼まれたのだ。それに、磯次たち長屋の者が四人もやられては、黙ってみているわけにもいかんからな」

「そうでさァ、あっしらも、このままにしちゃァおけねえと、話してたんでさァ」

孫六が、顎を突き出すようにして言った。顔が赭黒《あかぐろ》く染まっていた。酒がまわってきたらしい。

「とりあえず、磯次たちを襲った三人の武士をつきとめることから始めるつもりだが、三太郎は、どうだ」

源九郎が三太郎に目をむけて訊いた。

三太郎は無口だった。ひとりで、手酌で酒を飲んでいる。青瓢簞《あおびょうたん》のような顔が赤みを帯び、磨きあげた艶《つや》のいい瓢簞のようだった。

「あっしもやりやす」

三太郎が小声で言った。

「これで、決まりだな」

源九郎は懐から財布を取り出した。なかに、島田から渡された五両が入っている。

源九郎が小判を五枚取り出すと、茂次たち三人の目がかがやいた。

「これは島田からもらったものだ。ひとり一両だな」

そう言って、源九郎は男たちの前に一両ずつ置いた。

源九郎はいつもそうだった。仕事の依頼を受けて手にした金は、五人で均等に分けていたのである。

「ありがてえ」

孫六が小判を手にし、大事そうに巾着のなかに入れた。

菅井や茂次たちも、それぞれ小判を手にして財布や巾着のなかにしまった。

「それで、今後どうするかだが、茂次、孫六、三太郎の三人は、回向院の近所で聞き込んでもらいたいのだ。おそらく、三人の武士の姿を見かけた者がいるだろう」

源九郎が言うと、菅井が、

「おれはどうする」

と、訊いた。猪口を手にした手が、口許でとまっていた。菅井の顔も赤みを帯びている。

「わしは、しばらく道場の門弟たちが帰る道筋を歩いてみるつもりだが、菅井はどうするな」

島田道場の午後の稽古が終わったころ、門弟たちの帰る道筋を歩けば、三人の武士を目にするのではないか、と源九郎は思ったのだ。それに、今後門弟が襲われるのを防ぐことにもなる。

「おれも、そうしよう。一両あれば、しばらく広小路に行かなくて済むからな」

菅井は、昼前は将棋もできるしな、と小声で言い添えて、ニンマリとした。

「まァ、将棋はともかく、しばらく菅井とふたりで歩くことにしよう」

源九郎は苦笑いを浮かべてそう言ったが、すぐに顔をひきしめ、

「用心してくれ。三人の武士が何者かは知れぬが、探っていることに気付けば、わしらを狙ってくるはずだ。……わしが磯次たちから聞いたところ、三人はかなり腕が立つようだ。それに、峰打ちではなく、斬ってくるぞ」

源九郎が磯次たちから聞いたことによると、磯次たち四人に対し、ふたりが刀

を抜いたという。大柄な武士と中背の武士だが、ふたりは磯次たちに逃げる間も与えず、一瞬の内に峰打ちで腕や脇腹を打ったそうである。

「油断はしねえ」

茂次が言うと、孫六と三太郎も顔をこわばらせてうなずいた。

「ともかく、今夜はゆっくり飲もう」

源九郎が言った。

「そうだとも。今夜は久し振りで、五人顔をそろえたんだ。腰が抜けるほど飲もうや」

孫六が声を上げた。

それから、源九郎たちはおだをあげながら、二刻（四時間）ちかくも飲んだ。久し振りで、五人集まったこともあり、酒が進んだのだ。

亀楽を出ると、満天の星だった。十六夜《いざよい》の月が、頭上で皓々《こうこう》とかがやいている。松坂町やその先の相生町の家並は夜陰のなかに沈み、月明かりのなかに家々の黒い輪郭が折り重なるようにつづいている。

路地はひっそりとして人影がなかった。通り沿いの家々から洩れる灯《ひ》もなく、夜の静寂《しじま》が町並をつつんでいる。

源九郎と菅井は肩を並べて歩き、後ろから孫六、茂次、三太郎の三人が肩を寄せ合って歩いていた。ヒッヒヒヒ……、という孫六の下卑た笑い声がし、つづいて、「茂次、餓鬼はまだかい」という孫六の声が聞こえた。「こればっかりは、おれにも思うようにならねえ」と茂次が言った。

「おめえ、夜はどうしてるんでぇ。嬶の手を握ってるだけじゃァねえのか」と孫六が言い、すぐに、「干上がったとっつァんとちがってな。おれのは、まだ威勢がいいんだ」と茂次が言った。いっときして、「三太郎はどうでぇ」と孫六が訊いた。「お、おれも、子供は欲しい」と、声をつまらせて三太郎が言った。

どうやら、孫六たちはいつもの卑猥《ひわい》な話をしているらしい。酔うと、三人は決まって下卑た話になるのだ。

「菅井」

源九郎が声をかけた。

「なんだ」

「三人の武士だがな。わしは、剣術道場にかかわりのある者のような気がするのだ」

「うむ……」

「容易な敵ではないぞ」

「いずれにしろ、このままでは済むまいな」

菅井が夜陰を見つめながらつぶやくような声で言った。

七

源九郎と菅井は、大川端を川下に向かって歩いていた。そこは、御竹蔵の前である。島田道場の稽古が終わったころを見計らい、大川端を川上に向かって歩いた。そして、竹町《たけちょう》の渡し場近くまで行って引き返してきたのだが、門弟たちを襲ったと思われる三人の武士は、姿をあらわさなかった。

大川端は淡い夕闇に染まっていた。まだ、ぽつぽつと人影はあったが、通り沿いの表店は表戸をしめている。辺りはひっそりとして、汀《みぎわ》に寄せる波音だけが聞こえていた。

大川の川面は黒ずみ、両国橋の彼方まで広漠とつづいている。日中は客を乗せた猪牙舟《ちょきぶね》、屋形船、荷を積んだ艀《はしけ》などが行き交っているのだが、いまはほとんど船影も見られなかった。

「今日も、無駄骨だったな」

菅井がうんざりした顔で言った。源九郎と菅井が、門弟たちの帰る道筋を歩くようになって三日目だった。まだ、それらしい武士の姿は見かけなかった。

「どうだ、亀楽で一杯やって帰るか」

これから長屋に帰り、夕めしの支度をする気にはなれなかった。亀楽はすこし道筋を変えれば、帰り道にある。

「それがいい」

菅井はすぐに同意した。

ふたりが、御竹蔵の前を通り過ぎ、回向院の裏手につづく通りの近くまで来たとき、前方から歩いてくる人影が見えた。四人、いずれも武士である。小袖に袴姿で、二刀を帯びているのが見てとれた。

「おい、あいつらではないのか」

菅井が低い声で言った。

「どうかな」

源九郎はちがうような気がした。

四人はいずれも、牢人に見えた。総髪の者、大刀を一本落とし差しにしている者、肩を揺すりながら歩いてくる者、いずれも真っ当な武士には見えなかった。

盛り場をうろついている徒牢人のような荒《すさ》んだ雰囲気が身辺にただよっている。

源九郎と菅井は脇道に入らず、そのまま歩いた。四人の牢人はしだいに近付いてきた。下卑た笑い声や胴間声が耳にとどくようになった。

源九郎たちが近付くと、四人の牢人は話をやめた。底びかりのするような目で、源九郎と菅井を見つめている。

牢人たちは、道のなかほどを横になって歩いていた。道をあける様子がないので、源九郎と菅井は川岸に歩を寄せた。つまらないことで、諍《いさか》いを起こすのを避けようと思ったのである。

牢人たちとの間がつまってきた。四人は、さらに横にひろがって歩いてくる。

……殺気がある！

と、源九郎はみてとった。四人の姿に殺気があった。歩く姿に緊張があり、体が硬くなっているのが分かった。

四人のなかで、左手にいた髭の濃い男が源九郎と擦れ違うとき、ふいに身を寄せて、鞘を当てた。

「おい、待て！」

髭の濃い男が足をとめて怒鳴り声を上げた。

……わざと、鞘を当ておった。

源九郎はそう思い、足もとめなかった。

すると、他の三人が源九郎と菅井を取りかこむように走り寄ってきた。

「鞘を当てておいて、詫びもいれんのか」

髭の濃い男が、恫喝《どうかつ》するように言った。

「鞘を当てたのは、そこもとだぞ」

源九郎は後ろへ下がりながら言った。背後にまわられるのを防ぐために、川岸を背にしたのである。

菅井も状況を察知したらしく、すぐに後じさり、川岸を背にした。

「おまえの足がよろけて、おれの鞘に当たったのだ。……おい、年寄り、命が惜しかったら、そこに土下座しろ！」

髭の濃い男が怒鳴り声を上げた。

「うぬら、初めからわしらを襲うつもりだったな」

源九郎は、四人の牢人に目をむけて言った。

「問答無用！」

髭の濃い男が、いきなり抜刀した。

つづいて、三人の牢人も抜き、切っ先を源九郎と菅井にむけた。四人は獲物を前にした野犬のような目をしている。

「やるしかないようだな」

源九郎も抜いた。

菅井は居合腰に沈め、左手で鯉口を切り、右手を刀の柄《つか》に添えた。居合の抜刀体勢をとったのである。

源九郎は青眼に構え、切っ先を正面に立った髭の濃い男にむけた。どっしりと腰の据わった隙のない構えである。源九郎の顔は豹変していた。人のよさそうな茫洋《ぼうよう》とした表情は消え、双眸がするどくひかり、剣客らしい凄《すご》みがある。

髭の濃い男も青眼に構えたが、切っ先が小刻みに震えていた。気が昂《たかぶ》り、力んでいるのだ。

もうひとり、顎のとがった痩せた男が、源九郎の左手にまわり込んできた。八相に構えている。ただ、間合が遠く、腰が引けていた。斬り込んでくる気配はないようだ。

菅井は長身の男と相対していた。右手に、小太りで赤ら顔の男がいて、切っ先を菅井にむけている。

菅井は抜刀体勢をとったまま、すこしずつ間合をせばめていった。抜きつけの一刀をはなつ間合に踏み込もうとしているのだ。

「いくぞ！」

源九郎も、足裏を摺《す》るようにして髭の濃い男との間合をつめ始めた。この相手なら後れを取ることはないと踏んだのである。

イヤアッ！

いきなり、髭の濃い男が獣の咆哮《ほうこう》のような気合を発した。気合で恫喝し、源九郎の構えをくずそうとしたらしい。

だが、気合を発したために体に力が入り、剣尖《けんせん》が浮いた。この一瞬の隙を源九郎がとらえた。

鋭い気合を発し、踏み込みざま斬り込んだ。

袈裟《けさ》へ。一瞬のするどい斬撃だった。

咄嗟《とっさ》に、髭の濃い男は身を引いたが、間に合わなかった。

バサッ、と着物が裂けた。

肩口から胸にかけて、あらわになった肌に血の線がはしり、ふつふつと血が噴いた。だが、それほどの深手ではなかった。皮肉を浅く裂いただけである。咄嗟に、身を引いたので、深い斬撃をあびずにすんだらしい。

髭の濃い男が慌てて後じさった。顔が驚怖《きょうふ》にゆがんでいる。源九郎が、これほどの遣い手とは思ってもみなかったのだろう。

「ひ、引け！」

髭の濃い男が叫びざま、きびすを返した。そして、抜き身をひっ提げたまま源九郎に背をむけて駆けだした。逃げ足はなかなか速い。

これを見た左手にいた牢人も逃げだした。

このとき、菅井は抜刀の間合にあと一歩のところに迫っていた。対峙していた長身の男は、髭の濃い男が逃げ出すのを見て、

「逃げろ！」

と一声叫んで後じさり、菅井との間合があくと、慌てて走りだした。もうひとりの男も、逃げる三人の男を追った。

「なんだ、あいつら……」

菅井は沈めていた腰を伸ばし、右手を柄から離した。

そこへ、源九郎が歩を寄せてきた。まだ、抜き身をひっ提げたままである。

「逃げ足が、やけに速いな」

源九郎は呆《あき》れたような顔をして言うと、血振《ちぶ》り（刀身を振って血をきる）をくれて納刀した。

「あいつら、おれたちを襲う気で仕掛けてきたのか」

菅井は、夕闇のなかに遠ざかっていく四人の牢人に目をやりながら言った。

「そうらしいな」

「磯次たちを襲った三人とはちがうようだ」

「ちがうな」

磯次たちを襲った三人は、御家人ふうだったという。いまの四人は、どうみても徒牢人の類いである。それに、遣い手はひとりもいないようだった。

「年寄りとみて、金でも脅しとろうとしたのかもしれんな」

そう言って、源九郎は歩きだした。

菅井は、腑に落ちないような顔をして跟《つ》いてくる。

このとき、店仕舞いした表店の角の暗がりに身を隠して、遠ざかっていく源九郎と菅井に目をむけている者たちがいた。三人。磯次たちを襲った御家人ふうの男たちである。

「渋川《しぶかわ》、どうだ。ふたりの腕は」

大柄な武士が、中背の武士に訊いた。

中背の武士の名は渋川十三郎《じゅうざぶろう》。大柄な武士は、青山平八郎《あおやまへいはちろう》。もうひとりの長身の武士は、北園勘次郎《きたぞのかんじろう》だった。

「ふたりとも、できる」

渋川が低い声で言った。遠ざかっていく源九郎と菅井の背を見つめている目が、切っ先のようにひかっていた。

「それにしても、あの四人、だらしがないな」

北園が言った。

「あいつらに敵《かな》う相手でないことは、初めから分かっていたのだ」

渋川たち三人は、飲み屋で知り合ったふたりの牢人に金を渡し、源九郎と菅井を脅して刀を抜かせてくれ、と頼んだ。源九郎たちに刀を抜かせて、腕のほどをみるためだった。ふたりの牢人は遊び仲間の別のふたりを誘い、四人で仕掛けたのである。

「どうだ、斬れるか」

青山が渋川に訊いた。

「やってみねば分からんな」

そう言って、渋川は表店の角から通りに出た。

「闇討ちでもなんでも、仕留めればいいのだ。機をみて、おれたち三人で襲ってもかまわんが」

青山と北園も通りに出てきた。

源九郎と菅井の姿は遠ざかり、夕闇につつまれて人影も見えなくなっていた。

「いずれにしろ、ひとりずつだな」

歩きながら、渋川がつぶやくような声で言った。

第三章　探索

一

茂次は、小さな木箱を腰掛けがわりにして腰を下ろしていた。茂次の前には、砥石《といし》や鑢《やすり》の入った仕立箱が置いてあり、脇には水を張った研《と》ぎ桶があった。仕立箱の上には、錆《さ》びた包丁と鋏《はさみ》が置いてあった。それを見れば、すぐに研ぎ屋と分かるのである。

茂次がいるのは、本所元町《もとまち》だった。回向院の裏手にある徳兵衛店《とくべえだな》の路地木戸の前である。茂次は、磯次たちが襲われた通りに近い長屋の住人に、三人の武士のことを訊《き》いてみようと思ってこの場に来たのだ。

茂次がその場に腰を下ろして、いっときすると、下駄の音がし、長屋の女房らしい大年増《おおどしま》が近付いてきた。でっぷり太った女で、顔がやけに大きかった。頬が膨れ、顎の肉が弛《ゆる》んでいるせいでそう見えるのだろう。

「研ぎ屋さんかい」

　女が訊いた。錆びた包丁を手にしている。

「へい、研ぎ屋でごぜえやす」

　茂次が愛想笑いを浮かべて言った。

「包丁だけど、いかほどだい」

「姐《あね》さんが、今日の口あけだ。安くしときやすぜ。……五文まけて、十五文でどうです」

　通常、包丁、鋏の研ぎ代は二十文である。

　茂次は姐さんなどと呼びたくなかったが、話を聞き出すために女の機嫌をとったのである。

「頼もうかね」

　女は包丁を仕立箱の上に置いた。

「すぐに、研ぎやすから、待っていておくんなせえ」

　そう言うと、茂次は錆を取る荒砥《あらと》を取り出した。

女は茂次の脇に立ったまま、茂次の手元に目をむけている。

「姐さんは、この長屋に住んでるんですかい」

茂次は、包丁に荒砥をかけながら訊いた。それとなく、三人の武士のことを訊くつもりだった。これが、茂次のやり方だった。研ぎ終わるまで、待たせておいて色々聞き出すのである。

「そうだよ」

「姐さんは、知ってやすかね。この先の通りで、若いやつが何人も峰打ちで殴られたそうですぜ」

茂次は世間話でもする調子で訊いた。

「あたしも、聞いてるよ」

女が言った。

「やったのは、お侍らしいな」

「そうらしいねえ」

「しかも、三人だそうじゃァねえか。まったく、ひでえやつらだ」

茂次は研いでいる包丁に目をやりながら言った。

「あたしが、聞いた話だとね。やられたのは、みんな剣術道場の門弟らしいよ」

女が茂次の脇に屈み込んで言った。立っているのが、疲れたらしい。

「剣術道場の門弟ですかい。それじゃァ、やられた方も剣術は達者だったんだ」

茂次は、とぼけてそう言った。

「それが、みんな若い男《ひと》でね。剣術も習いたてだったそうだよ」

「そうか、習いたてか。それじゃァだめだな」

「アッという間に、やられたと聞いてるよ」

「剣術の強《つえ》えやつらだな。……ところで、姐さんは襲った三人のことで、何か聞いてやすかい」

茂次は、包丁を研ぐ手をとめずに訊いた。

「三人とも、羽織袴姿だったそうだよ」

「牢人じゃァねえのか」

「立派なお侍らしいよ」

「この近くに住んでるお侍ですかね。そこらで鉢合わせして、いきなり峰打ちでポカリとやられたんじゃァたまらねえからな」

「安心おしよ。研ぎ屋さんを襲うことはないはずだから」

「どうして、あっしは襲われねえんで？」

茂次は包丁を研ぐ手をとめ、女の方に顔をむけて訊いた。

「だって、襲われたのは、みんな剣術道場の帰りらしいもの。どう見ても、研ぎ屋さんは剣術の稽古帰りには見えないものね」

女が目を細めて言った。笑ったらしい。お多福のような顔である。

「そりゃァそうだ」

茂次は包丁を研ぎながらいろいろ訊いたが、女はそれ以上のことは知らないようだった。そろそろ、包丁が研ぎ上がるころになって、都合のいいことに路地木戸から別の女が剃刀《かみそり》を手にして出てきた。

「へい、研ぎ上がりやした」

茂次は声を上げて、太った女に包丁を渡し、十五文受け取った。

太った女の脇に立った女は、若い女房だった。ほっそりとした色白で、まだ子持ではないらしい。女房になりたての初々しい色気がある。

「姐さんは、剃刀ですかい」

茂次が訊いた。

「刃が欠けてるんだけど……」

女の差し出した剃刀は錆びて、刃も欠けていた。しばらく、使わなかったものらしい。

「何とかなりやすよ」

茂次は、剃刀を受け取ると荒砥をかけはじめた。すこし、刃の部分を削って欠けたところを平らにするのである。

「姐さんも、徳兵衛店に住んでるんですかい」

太った女がその場を離れてから、茂次が訊いた。

「そうだけど……」

「近くで、若い者が四人も峰打ちでやられたそうじゃァねえか」

茂次は剃刀を研ぎながら訊いた。

「うちの亭主がね、打たれてるところを見たそうなのよ」

女が、急に声をひそめて言った。亭主という言葉がぎごちなかった。言い慣れていないのだろう。

「見たのかい！」

思わず、茂次は研ぎの手をとめ、女に顔をむけた。

「そうなのよ。すこし仕事が早く終わってね。ちょうど、通りかかったらしいんだよ」

女が目を瞠《みは》って言った。この手の噂話が好きなのかもしれない。

「おめえさんの亭主は、若いやつらを襲った三人の侍のことで何か言ってなかったかい」

何か手掛かりになることを見ているかもしれない、と茂次は思ったのだ。

「三人のうちひとりは、見たことがあると言ってたよ」

「どこで、見たと言ってた」

茂次の声が大きくなった。剃刀を研ぐ手はとまったままである。

「そこまで、訊かなかったけど……」

女は首をかしげた。

「おめえさんの亭主は、陽が沈むころには帰ってくるのかい」

茂次は、女の亭主に直接訊いてみようと思った。

「いつも、暮れ六ツ（午後六時）までには帰るけど」

女は訝《いぶか》しそうな目を茂次にむけた。茂次の問いが執拗《しつよう》なので、世間話には思えなくなったのだろう。

「実はな、峰打ちでやられたひとりは、おれの知り合いなのよ。相手が侍じゃァ手は出せねえが、どうしていきなり若えやつらを襲ったのか、そのわけ《わけ》だけでも知りてえと思ってな」

　茂次は、女に差し障りのない話をした。

「そうなの」

　女はまだ半信半疑らしく、小首をかしげている。

「心配することァねえよ。おめえさんの亭主は、通りかかって見ただけで何のかかわりもねえんだから」

「そうだね」

　女の顔から不審の色が消えた。

「ところで、おめえさんの亭主はなんてえ名だい」

「政吉《まさきち》だけど……。大工をしてるんだよ」

　そう言ったとき、女の頬に朱がさした。亭主に惚れているのだろう。

「政吉か、いい名だ」

　茂次は剃刀を持った手をせわしく動かし始めた。あらためて出直し、政吉から話を訊いてみようと思ったのだ。

二

路地は淡い夕闇につつまれていた。暮れ六ッの鐘がなって、小半刻（三十分）ほど経つ。茂次は、徳兵衛店につづく路地木戸の斜向《はす》かいにいた。路傍の椿の陰に立って、政吉があらわれるのを待っていたのである。

茂次は政吉を知らなかったが、女房から大工だと聞いていたので、見れば分かるはずだった。道具箱を担いでいるか、印半纏《しるしばんてん》を羽織っているか。その姿を見れば、何とか大工と知れるだろう。

……遅《おせ》えなァ。

女房は、暮れ六ッまでには帰ると言ったが、まだ政吉らしい男は姿を見せなかった。

茂次は、長屋を覗いてみようと思って樹陰から出た。そのとき、路地の先に男の姿が見えた。遠方ではっきりしないが、道具箱らしい物を担いでいる。

……あいつだ。

と、茂次は思った。男は大工らしかった。こちらへ歩いてくる。

茂次は路傍に立って、男が近付くのを待った。面長で、切れ長の目をしていた。なかなかの男前である。若い女房が惚れたのも納得できる。

茂次は男に近付いて、

「政吉さんかい」

と、声をかけた。

「そうだが、おめえさんは」

政吉の顔に驚いたような表情が浮いた。いきなり、見ず知らずの男に名を呼ばれたからだろう。

「相生町に住む茂次ってえ研ぎ屋だ」

茂次は名を隠さなかった。

「研ぎ屋が、何の用だい」

政吉の声には、とがったひびきがあった。早く若い女房の許《もと》へ帰りたいのだろう。

「ちょいと、訊きてえことがあってな」

「おれは、急いでるんだ」

「なに、すぐすむぜ。それにおめえさんには、何のかかわりもねえことなんだ」

そう言うと、茂次はすばやく懐から巾着《きんちゃく》を取り出し、波銭を何枚かつまみ出して政吉の手に握らせてやった。

「すまねえなァ。それで、何を訊きてえ」

政吉の声がいくらかやわらかくなった。

「この近くで、若え男《わけ》が四人、三人の侍に峰打ちでやられたのを見たそうだな。なに、長屋の者に聞いたのよ」

茂次は女房のことを口にしなかった。家に帰って、女房と話せば分かるだろう。

「ああ、見たよ」

「おれは、打たれた若え男の知りあいなのよ。打たれた四人に訊いたんだが、だれが何で襲ったのか、分からねえんだ。それで、怖がっていてな、町も歩けねえ始末だ。……何とか、襲ったやつだけでもつきとめてやりてえと思ってな、こうして訊いてるのよ」

茂次がもっともらしく言った。

「三人の顔は見てるが、名は知らねえぜ」

政吉が言った。

「どこかで、見たことはねえのかい」

女房によると、政吉は三人のうちのひとりを見たことがあると言っていたらしいのだ。

「ひとりだけだが、見たことがあるぜ」

「どこで見た」

茂次が政吉に身を寄せて訊いた。

「剣術道場のそばだよ」

「剣術道場だと」

一瞬、茂次は島田道場かと思ったが、そんなはずはなかった。島田道場なら、磯次たちが知っているはずなのだ。

「平永町にある河合道場だよ」

政吉によると、河合道場の斜前にある瀬戸物屋を改築するおり、二月ほど大工として働いていたという。たまたま、政吉は材木をかついで通りを歩いていて、通りかかった大柄な武士に材木の先が当たりそうになり、怒鳴られたそうだ。

「それで、顔を覚えてたのよ」

大柄な武士は、そのまま河合道場へ入っていったという。

「河合道場か」

茂次は、河合道場に当たれば、大柄な武士が何者なのかつかめそうな気がした。

「政吉、助かったぜ」

そう言い置いて、茂次はその場から離れた。


翌日の午後、茂次は安之助を連れて、平永町に足をむけた。安之助は三人の武士の体軀《たいく》や顔を見ているはずだった。河合道場に出入りする者のなかに三人の武士がいれば、何者か知れるはずである。

八ツ（午後二時）ごろだった。茂次と安之助は平永町の町筋を歩いていた。

「どうだ、腕は痛むか」

茂次が、安之助の右腕に目をやりながら訊いた。

「まだ、動かすと痛いが、歩くのは平気だ」

安之助は、頰っかむりした手ぬぐいを気にしていた。小袖の裾を尻《しり》っ端折《ぱしょ》りし、手ぬぐいで頰っかむりしている。安之助は町人らしく身を変えていたのだ。襲った三人と鉢合わせしても、正体が分からないようにしたのである。

「河合道場は、この辺りだったな」

一年ほど前、茂次は研ぎ屋の商売で平永町へ来たとき、河合道場の前を通ったことがあったのだ。

「あれだ」

通り沿いに、道場らしい建物があった。奥行きのひろい大きな家屋で、側面が板壁になっていて武者窓がついている。そこから、甲高い気合や竹刀《しない》を打ち合う音などが聞こえてきた。稽古中らしい。

「道場を見張るいい場所はないかな」

茂次は通りに目をやった。

「あそこの稲荷がいいな」

瀬戸物屋の脇に稲荷があった。政吉が改築のおりに来ていたという瀬戸物屋らしい。

通り沿いに稲荷の赤い鳥居があり、境内は深緑の杜《もり》でかこわれていた。深緑の杜といっても、数本の樫《かし》や欅《けやき》が枝葉を茂らせているだけである。それでも、ふたりが身を隠すには十分だった。

茂次と安之助は、杜の葉叢《はむら》の間から河合道場の戸口に目をやった。

「安之助、門弟が出てくるのは、稽古が終わってからじゃァねえのかい」

茂次が訊いた。安之助は、島田道場の門弟なので、いつごろ門弟が道場に出入りするか分かるはずである。

「そうですが、おれたちを襲った武士は、門弟ではないかもしれませんよ」

安之助は道場に目をやったまま言った。

「いずれにしても、いつ姿を見せるか分からねえんだ。のんびり構えてねえと、身が持たねえぜ」

そう言って、茂次は祠《ほこら》につづく石段に腰を下ろした。石段といっても、三段だけの短いものである。そこからでも、枝葉の間から道場の戸口を見ることができるのだ。

安之助は樫の幹に身を寄せて、葉叢の間から道場を見つめている。

ふたりがその場に来てから、一刻(二時間)ほどして、道場から聞こえていた稽古の音がやんだ。

「稽古が終わったか」

茂次は石段から離れ、安之助の脇にいって、道場に目をやった。そこからだとよく見えるのだ。

「門弟が出てきましたよ」

　安之助が言った。

　戸口から剣袋を持った男や紐で結んだ防具を肩にかけた男などが、ひとりふたりと出てきた。いずれも武士らしい身装《みなり》である。

「おい、見覚えのあるやつはいねえか」

　茂次が葉叢の間から道場に目をやって訊いた。

「いません」

「門弟じゃァねえのかな」

　しばらくすると、戸口から出てくる者はいなくなった。都合、十数人ほど出てきたろうか。これで、稽古をしていた門弟たちは、ほとんど道場から出たらしい。

「すくねえな」

　茂次は意外な気がした。河合道場は大道場のように思っていたのである。

「茂次さん、ふたり出てきた！」

　安之助が声を上げた。

　見ると、道場の戸口からふたりの男が路地に出てきた。ふたりとも、羽織袴姿で二刀を帯びていた。

「大柄な男だ！　おれたちを襲ったひとりですよ」

安之助がうわずった声で言った。

「あいつか」

ひとりは大柄な武士だった。もうひとりは、中背で痩身だった。ふたりは、稲荷の方へ歩いてくる。

「もうひとりは？」

茂次が訊いた。

「あの男は、いなかったな」

安之助が語尾を濁した。遠方ではっきりしないのかもしれない。

ふたりの顔が、しだいにはっきりしてきた。大柄な男は三十がらみであろうか、眉が濃く、頤《おとがい》の張ったいかつい顔をしていた。中背で痩身の武士は四十代半ばと思われた。鼻梁が高く、眼光のするどい男である。

「大柄な男は、おれたちを襲ったひとりだ。まちがいない」

安之助が声を殺して言った。

ふたりの男は、稲荷の前を通り過ぎて表通りの方へむかって歩いていく。

三

「尾《つ》けるぜ」

　そう言って、茂次は稲荷の境内を出て赤い鳥居をくぐった。安之助は緊張した面持ちで、茂次の後をついてきた。

　前を行くふたりは表通りをしばらく歩き、日本橋通りへ出た。その辺りは、神田須田町《すだちょう》である。

　日本橋通りへ出たところで、ふたりは左右に分かれた。大柄な武士は左手へおれ、日本橋方面へむかった。もうひとりの武士は、右手の筋違《すじかい》御門の方へ足をむけた。

　茂次と安之助は、大柄な武士の跡を尾けた。ふたりの武士が左右に分かれたとき、茂次の頭に、安之助と分かれてふたりの跡を尾けよう、との思いがよぎったが、そのことは口にしなかった。安之助ひとりで尾行させるのは心許無かったし、中背で痩身の男は、安之助たちを襲った武士ではなかったからである。

　大柄な武士の尾行は楽だった。日本橋通りは、様々な身分の老若男女が行き交い、大変な賑わいを見せていた。そうした人混みに紛れて、すぐ後ろを歩いていい

ても不審を抱かれるようなことはなかったのだ。

神田鍋町《なべちょう》に入って間もなく、大柄な武士は右手におれた。そこは表通りではなく、小体《こてい》な店や表長屋などのつづく裏路地だった。

大柄な武士は路地をしばらく歩き、神田多町《たちょう》に入ってすぐ、板塀をめぐらせた小体な仕舞屋《しもたや》に入った。借家ふうの古い家屋である。

茂次は路地に足をとめ、

「ここが、やつの塒《ねぐら》のようだ」

と、小声で言った。

「借家のようですよ」

「身装《なり》は歴《れっき》とした武士だが、牢人かもしれねえ」

家に、下男や下女がいる様子はなかった。独り暮らしかもしれない。

「ちょいと、覗いてみるか」

茂次は足音を忍ばせて板塀に近寄った。安之助も忍び足で茂次に跟《つ》いてきた。

ふたりは路地からすこし離れた板塀に身を寄せた。路地を通る者から見えない場所を選んだのである。

茂次は板塀の隙間からなかを覗いた。すぐ前に狭い縁側があり、その座敷に障

子がしめてあった。人影はどこにも見えなかったが、かすかに話し声が聞こえた。男女の声である。大柄な武士が家にいた女と話しているようだ。

……何を話しているか聞こえねえ。

茂次は聞き耳を立てたが、話の内容は聞き取れなかった。ただ、家にいるのはふたりだけらしかった。他の声は聞こえなかったし、別の部屋から物音も聞こえなかった。

「安之助、引き上げるぜ」

茂次が小声で言って、板塀から身を離した。

路地に出て仕舞屋から離れると、

「茂次さん、どうします」

安之助が目をひからせて訊いた。尾行につづいて板塀の陰から家の様子を覗いたことで、探索に乗り気になったようだ。

「近所で聞き込んでみるか」

陽は家並の向こうにまわっていたが、暮れ六ツまで半刻（一時間）ほどありそうだった。路地沿いの店もひらいている。

「そうしましょう」

すぐに、安之助が言った。

茂次と安之助は、仕舞屋から二町ほど離れたところにあった八百屋《やおや》に立ち寄った。店の親爺らしい男が、暇そうな顔をして立っていたからである。

「ごめんよ」

茂次が店に入って声をかけると、漬物樽のそばにいた親爺が、

「いらっしゃい」

と声を上げ、揉《も》み手をしながら近寄ってきた。茂次と安之助を客と思ったらしい。

「ちょいと、訊きてえことがあってな」

茂次がそう言うと、

「なんでえ、客じゃァねえのか」

とたんに、親爺の顔が渋くなった。揉み手もとまっている。

茂次は、ただでは話しそうもねえ、とみて、巾着を取り出し、波銭を一枚摘みだした。

「手間をとらせてすまねえ。とっといてくれ」

茂次は親爺の手に握らせてやった。

「それで、何をお訊きになりてえんです」

親爺が、また揉み手を始めた。言葉遣いまで、変わっている。

「この先に板塀をめぐらせた仕舞屋があるな」

「へい、お武家さまが住んでいやす」

「おれが、むかし奉公したお屋敷のお方にそっくりなんだが、何てえ名だい」

茂次は適当な話をして、まず武士の名を訊いた。

「青山平八郎さまですよ」

「青山さまな。……おれが奉公したお方とはちがう名だな。それで、青山さまは何をしてるんだい」

さらに、茂次が訊いた。

安之助は、茂次の後ろに立ち、黙ってふたりのやり取りを聞いている。ここは、茂次にまかせるつもりなのだろう。

「剣術道場のご師範代ですよ」

すぐに、親爺が言った。

「どこの道場だい」

「平永町にある河合道場です」

「へえ……。剣術道場の師範代かい。でもよ、前からあそこの家に住んでたのかい。身分のありそうなお侍に見えたがなァ」

「あの家に住むようになったのは、五年ほど前ですよ」

親爺によると、青山は御家人の冷や飯食いだったらしいという。若いころは、自分の屋敷から河合道場に通っていたが、師範代になってから屋敷を出て仕舞屋に住むようになったそうである。

「おめえ、やけにくわしいな」

親爺は噂話を耳にしただけではないようだ、と茂次は思った。

「へッへへ……。青山さまといっしょに暮らしているご新造がね、うちの店に、よく青菜や漬物を買いに来て、話していくんでさァ」

女の名はお松《まつ》で、柳橋の料理屋に女中として勤めていたそうだ。そこで青山と知り合い、同居するようになったという。妻女というより、妾《めかけ》であろう。

それから、茂次は安之助たちを襲った他のふたりの武士のこともそれとなく訊いてみたが、親爺は首を横に振るばかりだった。

「邪魔したな」

茂次と安之助は、八百屋を出た。

「安之助、今日のところはこれまでにして長屋に帰ろう」

茂次は、ともかく源九郎たちに青山のことを話し、どうするか決めてから探索をつづけようと思ったのである。


その日、茂次と安之助は、暗くなってからはぐれ長屋に帰った。源九郎の家を覗くと、土間でめしを炊いているところだった。源九郎は襷《たすき》掛けで竈《へっつい》の前に屈み、火の燃え具合を見ていた。釜の蓋の脇から白い湯気が立ち上っている。

「茂次と安之助か。入ってくれ」

源九郎が、立ち上がって言った。

「ちょいと、旦那の耳に入れておきてえことがありやしてね」

茂次が、上がり框《かまち》に腰を下ろして言った。安之助も茂次の脇に膝を折って、源九郎に顔をむけた。

源九郎は、後は蒸らすだけでいいだろう、とつぶやいて襷をはずした。

「旦那、安之助たちを襲った三人のうちのひとりが、知れやしたぜ」

茂次が言うと、安之助がちいさくうなずいた。

「何者だ」

「青山平八郎、河合道場の師範代でさァ」

「なに、河合道場の師範代だと」

思わず、源九郎の声が大きくなった。

「へい、塒は多町にありやす」

茂次は、安之助とふたりで河合道場を見張り、跡を尾けて塒をつきとめ、さらに近所で聞き込んだことをかいつまんで話した。

「よくやったな」

源九郎は、ふたりをねぎらった。

「それで、旦那、どうしやす」

茂次が訊いた。

「青山を始末する手もあるが、せっかくつかんだ手掛かりだ。すこし泳がせておいて、他のふたりもつきとめたいな」

源九郎は、青山はかならず他のふたりと接触すると踏んだ。それに、河合道場の師範代が、何故《なにゆえ》島田道場の門弟を襲うのかが分からなかった。青山の身辺を探れば、島田道場の門弟を狙う理由もみえてくるかもしれない。

「承知しやした」

茂次が言うと、安之助もうなずいた。

「孫六と三太郎にも、河合道場を探ってもらおう」

源九郎は、河合道場に島田道場の門弟を狙う理由があるような気がした。

四

ひらいた障子の間から庭が見えた。庭といっても、わずかな土地に松と山紅葉《やまもみじ》が植えてあるだけである。雑草の伸びた地面に二羽の雀がいた。チュン、チュンと鳴きながら、跳びまわっている。餌を啄《ついば》んでいるらしい。

そこは島田の道場の裏手にある母屋の居間だった。源九郎が庭の雀に目をやっていると、障子があいて島田が姿を見せた。

その音で驚いたらしく、二羽の雀が飛び立ち、礫《つぶて》のように虚空に消えた。

「華町どの、お待たせしました」

島田は慌てた様子で居間に入ってくると、源九郎の前に膝を折った。

源九郎が島田道場を訪ねたとき、まだ、島田は稽古着姿だった。島田は、「すぐ、着替えますので、母屋で待っていてください」そう言って、源九郎を先に母屋の居間に案内したのだ。

源九郎は対座した島田に目をやり、

「話があってな」

と、切り出した。源九郎は、茂次たちが探り出したことを島田に伝えるために来ていたのだ。

「なんです？」

「実は、安之助たちを襲った三人の武士のうちのひとりが分かったのだ。名は、青山平八郎」

源九郎は、まず名だけ口にした。

「青山平八郎ですか」

島田は首をひねった。思い当たる者がいないらしい。

「青山は河合道場の師範代のようだ」

「河合道場の師範代！」

島田の顔に驚いたような表情が浮いた。

「どうだな。門弟たちが襲われることで、思い当たることがあるかな」

源九郎が訊いた。

「いえ、ありませんが……」

島田はいっとき虚空に視線をとめて黙考していたが、

「河合道場の門弟だった者が三人、わたしの道場に入門しましたが、そのことに遺恨を持ったのでしょうか」

島田は、小山新三郎、杉山小太郎、石谷《いしや》峰《みね》次郎《じろう》の名をあげた。石谷も松浦藩の家臣で、つい数日前に入門したばかりだった。

「まァ、道場主として、門弟が己の道場をやめて他の道場へ移れば、いい気はしないだろうが、それだけの理由で、門弟たちを襲うようなことはあるまい。……そう言えば、襲った三人は、門弟はひとりもいなくなると言ったそうだな」

源九郎があらためて訊いた。

「はい、わたしの道場をつぶすつもりで仕掛けているような気がするのですが……」

島田が困惑したような顔をした。

「そうかもしれんな。……ところで、河合道場から移った者だが、他にもいるのかな」

「いえ、陸奥国の松浦藩の家臣だけです」

「大名家の家臣か……」

「はい、それに、松浦藩の家臣はほかにふたりいます。ふたりとも、住居が道場に近いという理由で入門したらしいのですが、都合松浦藩の家臣は五人です」

「五人もいるのか」

源九郎は、まだ門弟のすくない島田道場のなかに大名家の家臣が五人もいるとなると、道場に箔が付くし、稽古に活気がでるのではないかと思った。

「島田、道場に松浦藩の家臣が、だれか残っていないかな」

すでに、午後の稽古は終わっていたが、源九郎はひとりぐらい残り稽古をしているのではないかと思ったのである。

「小山と杉山がいるはずですが――。ふたりとも、稽古熱心で残り稽古をしてから帰るようですから」

「ここに呼んでもらえるかな。話を訊いてみたい」

「しばし、お待ちを」

そう言い残し、島田は源九郎を残して居間から出ていった。

源九郎が障子の間から庭先に目をやりながら待つと、廊下を歩く足音がし、島田がふたりの武士を連れて入ってきた。ふたりの武士は、まだ稽古着姿だった。

ふたりは、小山と杉山だった。都合よく河合道場の門弟だった者たちである。

「稽古中、呼び立ててすまぬ」

源九郎が詫びた。

「いえ、ちょうど稽古をやめるところでしたので……。して、ご用の筋は」

年嵩《としかさ》の小山が訊いた。

「実は、河合道場のことで、そこもとたちに訊きたいことがあってな」

「………」

小山と杉山の顔がけわしくなった。

「ふたりとも、島田道場の若い門弟が何者かに襲われたことは知っているな」

「はい、門弟たちが噂してましたから」

小山が言うと、杉山もうなずいた。

「襲った武士は三人。いずれも遣い手らしいが、そのうちのひとりが判明した」

源九郎が、静かだが重いひびきのある声で言った。

「……！」

小山と杉山は息をつめて源九郎を見つめている。

「青山平八郎。河合道場の師範代のようだ」

「青山どの！」

小山が驚いたように目を剝《む》いた。次の言葉を失っている。杉山も、同じように驚愕《きょうがく》の表情を浮かべていた。

「そこもとたちに、青山について何か心当たりはあるかな」

「い、いえ……。ありませんが」

小山が、声を震わせて言った。

「そこもとたちは、なにゆえ、河合道場をやめて、島田道場に移られたのかな」

源九郎が訊いた。

「それは、深川の清住町から平永町まで通うのが大変だったからです」

小山が言うと、杉山もうなずいた。

すると、源九郎の脇に座していた島田が、

「そのことは、入門のおりにも聞いています」

と、言い添えた。

「それだけかな」

確かに、清住町から平永町へ通うのは遠い。だが、源九郎はそれだけではないような気がした。

「少々、稽古が荒い気がしましたもので……」

小山が困惑したような顔で言った。杉山も視線を落としている。

「荒いとは」

さらに、源九郎が訊いた。

「指南というより、勝手に稽古をやれといった感じでして……。師匠も師範代も、一刀流の遣い手ですが、あまり指南をしていただけませんでした」

小山と杉山が交互に話したところによると、河合と青山は稽古のおりも道場に姿を見せず、門弟たちだけで稽古をやることもあったという。姿を見せても、稽古を見ているだけで何も言わないこともあるし、竹刀《しない》や木刀を手にしても、指南するというよりただ打ち据えるだけだったという。

「それで、門弟たちもやる気がなくなり、道場を去る者が増えたのです」

小山が言い添えた。

「いまも、そうした稽古なのか」

源九郎が訊いた。

「いえ、ちかごろは師匠も師範代も変わられたらしく、稽古にくわわって指南するようになったそうですが……」

杉山が、島田道場に移る門弟が増えてきたせいかもしれません、と小声で言い添えた。

「松浦藩の者が、まだ河合道場に通っているのかな」

源九郎が訊いた。小山の口振りだと、ちかごろの河合道場の様子も分かっているようなのだ。

「はい、まだ、五人ほど残っています」

小山が言った。

「五人もいるのか」

「はい」

「つかぬことを訊くが、河合道場には松浦藩の家臣が多いようだが、何かわけがあるのかな」

小山たちが、通っていたころは、少なくとも十人ちかい藩士が通っていたのであろう。藩邸が近くにあれば、それも分かるが、松浦藩の藩邸は河合道場の近くにないはずである。

「二年ほど前に亡くなられたのですが、わが藩の剣術指南役だった狩野武左衛門《かのうぶざえもん》さまが江戸勤番のおり、練塀小路にある中西派一刀流の道場に通い、師匠の河合さまと同門だったそうです。そうした縁があって、狩野さまが、江戸勤番の者に河合道場を推挙されたのです。それで、町宿の者は河合道場に通うようになったのです」

小山が話した。

「うむ……」

源九郎はまだ腑に落ちなかった。確かに、河合道場にとって松浦藩の家臣がやめて他の道場へ移ったのは痛手であろう。だが、移ったのは三人で、まだ五人も道場に残っているという。それに、道場を移った三人は、表向き道場から遠方で通うのに難儀するためというもっともな理由がある。そのことで、師範代が自ら乗り出して他の道場の門弟を襲い、道場を潰そうと思うだろうか――。

源九郎が虚空に視線をとめて黙考していると、

「それがしには、よく分かりませんが、他にも襲ったわけがあるのかもしれません」

小山が小声で言った。

「そのわけとは？」

島田が身を乗り出すようにして訊いた。

「それがしには、はっきりしたことは分かりません。ちかいうちに、久保田さまが道場に見えられるはずなので、そのおりに訊いていただけますか」

小山が、困惑したような顔で言った。おそらく、久保田より先に小山の口から話すことはできないのだろう。

「分かった。久保田どのにお聞きしよう」

島田は、小山の胸の内を察したのである。

五

源九郎と菅井が島田道場に姿を見せたのは、小山たちから話を聞いた三日後だった。

昨日、島田がはぐれ長屋に立ち寄り、明日、久保田どのが道場に見えられるので、来てもらえまいか、と源九郎に伝えた。それで、源九郎は、長屋にいた菅井とふたりで島田道場に足を運んで来たのである。

久保田は、小山と宇津木甚助《うつぎじんすけ》という家臣を伴っていた。宇津木は、河合道場の門弟だという。一方、島田道場から島田、源九郎、菅井、それに師範代格の佐賀がくわわった。

対座した場所は、道場だった。七人となると、道場のつづきの座敷では狭すぎるので道場にしたのである。

久保田は道場に座すと、自ら名乗った後、

「小山から道場破りの件を聞いておりますが、華町どのと菅井どのでござろうか」

と、源九郎と菅井に目をむけて訊いた。ふたりとは、初対面だったのだ。

「いかにも、それがしは華町源九郎でござる」

源九郎がそう言って、ちいさく頭を下げると、

「それがしは菅井紋太夫、牢人でござる」

菅井が、源九郎につづいて頭を下げた。

「これも、小山から聞きましたが、道場の門弟が何人か怪我をされたそうですな」

久保田が顔に憂慮の翳《かげ》を浮かべて言った。

久保田は河合道場の青山たちに襲われたことは、口にしなかった。島田道場側から聞いただけで、事実かどうか確認していなかったので慎重になったのだろう。

「いかさま」

島田も、師範代の青山の名を口にしなかった。小山から久保田の耳に入っているはずだからである。

「実は、島田どののお耳に入れておきたいことがござってな」

久保田が声をあらためて言った。

「なんでしょう」

「実は、わが藩の江戸勤番の多くの者は藩邸住まいでござる。その者たちのなかにも、在府のおりに剣術の指南を受けたい者が多数いる。結構なことだが、藩邸の近くに剣術道場がないのだ」

松浦藩の上屋敷は愛宕下《あたごした》にあり、家臣の多くは上屋敷に住んでいるそうである。

「その点、ここにいる小山や宇津木のように町宿の者は恵まれていて、道場に通うこともできる。……そこで、藩の指南役とまではいかないが、藩邸に来てもらって剣術の指南をしてもらえる御仁《ごじん》を探そうということになったのだ」

そこまで話して、久保田は言葉を切り、島田に目をむけた。

「……」

島田は黙したまま久保田に目をむけている。

久保田がさらに話をつづけた。

「そこで、名の挙がったのが、河合市之助どのでござる。すでに、家中の者が何人も、河合道場に通っているし、河合どのが一刀流の遣い手であることは家中の多くの者が知っているのでな」

久保田によると、河合どのにお願いしようという段になり、あらためて河合道場に通っている者たちから話を聞いたという。

「ところが、あまり河合道場の評判がよくなかった。……それがしの口からは言いづらいが、ここにおる小山たちのように、河合道場をやめて他の道場に移りたいという者が何人もいたのだ」

そう言って、久保田は小山に目をやった。

小山は言いにくそうに顔をしかめて、ちいさくうなずいただけだった。師匠だった男の悪口は言いづらいのだろう。

「ところが、いまでも河合どのを推す者がすくなからずいる」

久保田は宇津木に目をやった。

「たしかに、師匠や師範代の稽古は荒く、指南とはいえないような稽古でござった。ただ、師匠の一刀流の腕は出色です。それに、藩邸に出向いて指南していただくとなれば、道場のような荒い稽古はなさらないはずです」

宇津木も同行させたらしい。

どうやら、久保田は河合道場の様子を話させるために宇津木も同行させたらしい。


宇津木が言った。

「そうした宇津木たちの言い分も、もっともなのでな。藩の重臣たちも迷われたようだ。そのようなおり、小山や杉山たちが島田どのの道場へ移り、ふたりから指南の様子、道場破りを見事に破ったことなどを耳にした。それで、島田どのに指南をお願いしたらどうかという話になったのだ。……ただ、島田どののご都合もあろうから、ともかく、島田どののご意向をうかがっておこうと思い、こうして、お訪ねしたわけでござる」

久保田は話をやめ、島田に目をむけた。

「それがし、まだ道場をひらいたばかりで、貴藩に出向いての指南は無理かと存ずるが……」

島田が当惑するような顔をして語尾を濁した。島田にすれば、突然の話なのですぐに受諾することはできなかったのだろう。

「道場をひらいたばかりのことは、当方も承知していてな。島田どのがご無理なら、華町どのか菅井どのとの声もあるのだが……」

　そう言って、久保田は華町と菅井を見た。

「わしらか……」

　思わず、源九郎は菅井に目をやった。思ってもみない展開である。

「おれたちが、断ったらどうなる？」

　菅井が久保田を見すえて訊いた。

「河合どのということになろうな。宇津木によれば、ちかごろ河合どのも変わられ、熱心に指南をされるようになったそうなので、重臣たちの見方も変わるかもしれん」

「河合か……」

　菅井が渋い顔をして言った。

　久保田の話を訊いた源九郎は、

　……これだな！

　と、胸の内で思った。

　河合にすれば、松浦藩の剣術指南の座を島田道場に奪われるようなことにでもなれば、顔が立たないだけでなく、道場の存続もあやうくなるはずだ。

なんとしても、島田道場の者が指南役になることを阻止せねばならない。そのために、島田道場の門弟を襲い、道場をつぶそうとしたのであろう。となると、師範代の青山だけでなく、道場主の河合もかかわっているとみていいのではあるまいか——。

……島田も源九郎たちも断り、河合が望みどおり松浦藩の指南役になったらどうであろう。

河合の島田道場に対する敵意は消え、門弟に手を出すことはなくなるかもしれない。だが、そうなると、河合道場には松浦藩の指南役の箔が付き、松浦藩の家臣たちが河合道場に通うようになり、多くの門人を集めて盛況をみるはずだ。一方、島田道場の評判は落ち、門弟も集まらず、道場はやっていけなくなるかもしれない。

……うかつに、断れぬ。

と、源九郎は思った。

そのとき、菅井が久保田に顔をむけ、

「その話、すぐに決めねばならんのか」

と、訊いた。

「いや、すぐということではござらぬ。……島田どのやそこもとたちにも、いろいろ事情があろうしな」

久保田が小声で言った。

「ならば、しばらくこの話は、久保田どのの胸の内にとどめておいてもらいたい。引き受けるにしろ断るにしろ、その前に　片付けておかねばならぬことがあるのでな」

菅井が、いつになく鋭い双眸《そうぼう》で虚空を睨みながら言った。顔が赭黒《あかぐろ》く紅潮し、夜叉のような凄《すご》みがある。

「わしも、そう願いたいな」

源九郎が言い添えた。

源九郎の顔もいつになくけわしかった。

菅井が言うとおり、指南役をどうするか決める前に河合道場とのかかわりに決着をつけておかねばならない。すでに、源九郎たちは島田から用心棒代をもらっていた。しかも、はぐれ長屋の若者が四人も河合道場にかかわる者たちに襲われ、怪我を負っているのである。

……何としても、始末をつけねばならぬ。

と、源九郎は胸の内でつぶやいた。

六

神田川沿いにつづく柳原通りは、淡い暮色に染まっていた。日中は人出の多い通りだが、いまは人影もまばらである。柳原通りは、古着を売る床店が多いことで知られていた。その床店も店仕舞いし、ひっそりと夕闇につつまれている。

菅井はひとり、柳原通りを歩いていた。

島田道場で、久保田から話を聞いて三日経っていた。この日、菅井は河合道場を自分の目で見ておきたいと思い、平永町へ出かけた帰りだった。

河合道場から稽古の音は聞こえず、ひっそりとしていたが、近所の者にそれとなく聞くと、ちかごろ稽古は休みなく行われているという。

菅井は河合道場のある路地をとおり、近所の店に立ち寄って話を訊いただけで、平永町を後にした。茂次や孫六たちが探っているので、通り一遍の聞き込みはひかえようと思ったのである。

菅井は神田川にかかる和泉橋のたもと近くまで来た。そのとき、土手際に植えられた柳の陰に人影が見えた。夕闇につつまれてはっきりしなかったが、武士らしい。袴姿で、二刀を帯びていることが分かった。

……辻斬りか。

と、菅井は思った。柳原通りは、夜になると夜鷹や辻斬りがあらわれると耳にしていたのだ。

菅井は足をとめなかった。辻斬りなら相手になってやろうと思ったのである。武士が、柳の樹陰からゆっくりとした足取りで通りに出てきた。中背の武士だった。小袖に袴姿である。

……手練《てだれ》だ！

と、菅井は察知した。

武士の腰はどっしりと据わり、身辺に異様な殺気をただよわせていた。歩く姿にも、隙がない。

……後ろにもいる！

そのとき、菅井は後ろから近付いてくる人の気配を感じとった。

振り向くと、小走りに大柄な武士が近付いてきた。覆面で顔を隠している。遣い手らしかった。殺気を放ち、隙のない身構えで迫ってくる。

青山ではないか、と菅井は思った。覆面で顔は見えなかったが、話に聞いていらしい。

た体軀である。前からくる中背の武士も、磯次たちを襲った三人のうちのひとり

中背の武士と大柄な武士が、前後から迫ってきた。挟み撃ちにするために、こ

こで待ち伏せていたようだ。

……ふたりが相手では、後れをとる！

と、菅井は踏んだ。

居合でひとりを斃《たお》したとしても、もうひとりに後れをとるだろう。居合は抜刀

してしまうと威力が半減するのだ。

菅井は、逃げよう、と思った。敵の戦力をみてとり、咄嗟《とっさ》に判断することも剣

の腕である。

イヤアッ！

菅井は裂帛《れっぱく》の気合を発しざま、前から迫ってくる中背の武士にむかって疾走し

た。走りながら、左手で刀の鯉口を切り、右手で刀の柄《つか》を握った。居合の抜刀体

勢をとったのである。

一瞬、中背の武士が驚いたような顔をしてつっ立った。突如、菅井が仕掛けて

きたからであろう。だが、武士はすぐに表情を消して、抜刀した。そして、青眼

に構えると、急迫してくる菅井に切っ先をむけた。腰の据わった隙のない構えで、切っ先がピタリと菅井の喉元につけられている。

一方、背後の武士も抜刀して八相に構え、菅井の後を追って走りだした。

菅井は抜刀体勢をとったまま、中背の武士に急迫した。

一足一刀の間境の半歩手前。ふいに、菅井の体《たい》が沈み、全身に斬撃の気がはしった。次の瞬間、シャッ、という刀身の鞘走る音がし、菅井の腰元から閃光《せんこう》がはしった。

迅《はや》い！

居合の抜きつけの一刀が、中背の武士の肩口を襲う。

だが、中背の武士の反応も迅かった。青眼から電光石火の早業で、刀身を撥《は》ね上げたのである。

キーン
という甲高い金属音がひびき、夕闇に青火が散って、菅井の刀身が撥ね上がった。同時に中背の武士の刀身も大きく撥ね返った。菅井の神速の一刀に、斬撃の体勢がしっかりとれなかったのだ。

菅井は前に泳ぎ、中背の武士は右手によろめいた。

だが、ふたりはすぐに体勢を立て直した。菅井は中背の武士の脇をすり抜け、前に走った。逃げようとしたのである。

「逃さぬ！」

叫びざま、中背の武士が二の太刀をはなった。

稲妻のような斬撃が袈裟《けさ》にはしった。一瞬の太刀《たち》捌《さば》きである。その切っ先が、走り抜けようとした菅井の背後から左の肩口をとらえた。

ザクリ、と菅井の着物が裂けた。次の瞬間、あらわになった肌に血の線がはしり、血が噴いた。

菅井は肩口に焼き鏝《ごて》を当てられたような衝撃を覚えたが、足をとめなかった。逃げねば、命はない。菅井は懸命に走った。

「待て！」

中背の武士が後を追ってきた。さらに、すぐ後ろに大柄な武士の姿もあった。ふたりは、抜き身をひっ提げたまま菅井の背後に迫ってくる。

……このままでは、逃げられぬ。

と菅井が思ったとき、前方に騎馬の武士が見えた。十人ほどの家士と中間《ちゆうげん》などが馬の前後に従っている。身分のある旗本であろうか。一行は、こちらに向かってくる。馬蹄《ばてい》の音が、しだいに大きくなってきた。

……一行のそばまで行けば、逃げられる！

と菅井は思い、懸命に走った。肩の痛みも忘れている。

総髪が乱れて顔にかかり、目がつりあがり、口をひらいて歯を覗かせていた。

悪鬼のような形相である。

騎馬がとまった。抜き身をひっ提げて、走り寄ってくる菅井たちの姿を目にしたのである。

騎馬の前後にいた数人の家士が、曲者《くせもの》！　殿をお守りしろ！　などと叫びながら、馬の前に進みでた。中間たちは、顔をこわばらせて家士たちの後ろにひかえている。

菅井は走りながら手にした刀を納刀し、

「お、追剝《おいは》ぎでござる！　後ろのふたり、追剝ぎでござる」

と叫びながら、騎馬の武士の一行へ走り寄った。

そのとき、騎馬の武士が、

「追剝ぎどもを、討ち取れ！」

と、従者たちに命じた。武辺者らしい野太い声である。武芸の修行で体を鍛えた男かもしれない。

その声で、数人の家士が抜刀した。夕闇のなかで、刀身がにぶい銀色《しろがねいろ》にひかっている。

すると、背後から追ってくるふたりの武士の足音が聞こえなくなった。足をとめたらしい。

菅井が振り返ると、ふたりの武士は反転し、足早に引き返していった。夕闇のなかにふたりの背が遠ざかっていく。

すぐに、菅井は路上に膝を折った。

「お助けいただき、かたじけのうございます。あの者たちに、金を出せと言われ、いきなり斬りつけられました」

そう言って、菅井は低頭した。

「さようか。この辺りは、暗くなると辻斬り、追剝ぎの類《たぐ》いが出没するとのこと。気をつけて帰られよ」

騎乗の武士はそう声をかけると、刀を納めよ、と抜刀した家士たちに命じた。

家士たちは、すぐに納刀し、それぞれの持ち場にもどった。

菅井は、武士たちの一行がその場を離れてから立ち上がった。

……痛いな！

菅井は、いまになって肩の痛みを感じた。

見ると、着物の左肩が裂け、赭黒い血に染まっていた。思ったより出血が多かった。浅手ではないらしい。ただ、左腕は動くので、骨や筋には異常がないようだ。

……ともかく、長屋に帰ろう。

菅井は、歩きだした。

柳原通りは夕闇に染まり、ひっそりと静まっていた。前方の両国の家並が、藍《あい》色《いろ》の夕闇のなかに黒く沈んだように見えている。

第四章　源九郎の危機

一

「どうだ、怪我の具合は」

源九郎が上がり框《かまち》に腰を下ろして訊《き》いた。

菅井の家である。菅井は座敷のなかほどで、胡座《あぐら》をかいていた。左肩から右腋にかけて分厚く晒《さらし》が巻かれている。その晒に、赤黒い血の色があった。

「なに、かすり傷だ」

菅井はそう言ったが、顔には苦痛の色があった。

「東庵先生は、しばらく肩を動かさず、安静にしていろ、と言っていたからな。めしの支度は、お熊に頼んでおいたよ」

　菅井が血まみれになって、長屋に帰ってきたのは一昨日の夜だった。すぐに、源九郎は茂次を東庵の許《もと》に走らせ、東庵が来るまでの間に、長屋から集めた晒を傷口にまいて応急手当てをした。

　東庵は一刻（二時間）ほどして、長屋に姿を見せ、すぐに菅井の手当てをした。東庵の診断《みたて》は、傷は深いが骨や筋に異状はなく、出血さえ収まれば、命にかかわるようなことはないとのことだった。

　幸いなことに、翌朝までに出血はわずかになり、痛みもいくぶんやわらいだようだった。後は安静にして、傷口がふさがるのを待つだけである。

「ところで、待ち伏せていたふたりだが、ひとりは青山とみていいのだな」

　源九郎が訊いた。傷の手当てをしながら、菅井からふたりの武士に挟み撃ちに遭《あ》ったことは聞いていたが、まだじっくり話していなかったのだ。

「まず、まちがいない」

　菅井が言った。

「もうひとりは、中背だったそうだな」

「そうだ。あいつも、三人のうちのひとりだな。……遣い手だぞ。おれの居合をはじきおった」

菅井が渋い顔をした。

「遣い手だな」

菅井の抜きつけの一刀は神速だった。なまじの腕では、かわすことも受けることもできないのだ。

「旗本の一行が通りかからなかったら、いまごろおれは三途の川を渡っていたぞ」

「うむ……」

「おれたちが河合道場のことを探っているように、むこうも島田道場やおれたちのことを探っているにちがいない」

菅井が顔をけわしくして言った。

「そうだな」

「華町、次はおまえが狙われるぞ」

「油断はすまい」

「孫六や茂次たちも、どこで襲われるかわからんぞ」

「孫六たちにも伝えておこう」

そこまで話して、源九郎が口をつぐんだとき、

「それにしても、退屈だ。めしを食って、家でごろごろしているだけだからな」

菅井が源九郎を上目遣いに見ながら言った。

「傷口がふさがるまでの辛抱だな。そう長い間ではないはずだ。三日もすれば、歩きまわれるようになるだろう」

「華町、おまえ、これから行くところがあるのか」

菅井が訊いた。

「いや、ないが」

すでに、暮れ六ッ（午後六時）ちかかった。源九郎も、やることはなかった。夕めしを食って寝るだけである。

「どうだ、勝負せんか」

菅井が小声で言った。

「将棋か」

「右腕だけで、指せるからな。傷には何の差し障りもない」

「一局だけだぞ」

源九郎は、菅井の退屈凌《しの》ぎに付き合ってやってもいいと思った。

「よし、やるぞ」

菅井が、ニンマリした。

すぐに、菅井は部屋の隅に置いてあった将棋盤と駒を片手で運んできて、座敷のなかほどに腰を下ろした。

源九郎は座敷に上がり、将棋盤を前にして座ると、駒を並べ始めた。

そのとき、戸口に近付いてくる足音がした。ふたり。家に近付いてくる。腰高障子の前で足音がとまり、

「華町の旦那、ここですかい」

と、孫六の声が聞こえた。

「ここだ、入ってくれ」

源九郎が声を上げると、すぐに障子があいた。

顔を出したのは、孫六と茂次である。ふたりは土間に入ってくると、将棋盤を覗き込み、

「やってやすね」

と、茂次が顔をほころばせて言った。

ふたりは、上がり框から座敷に上がり、将棋盤の脇に腰を下ろした。

「孫六、茂次、何の用だ」

源九郎が、将棋盤に目をやったまま訊いた。

「おふたりの耳に入れておこうと思いやしてね。……とっつァんから話してくれ」

茂次が言った。

「磯次たちを襲った別のひとりが、割れたんでさァ」

孫六が低い声で言った。岡っ引きらしい物言いである。

「だれだ」

「北園勘次郎。河合道場の門弟でさァ」

孫六が話したことによると、孫六、茂次、安之助、三太郎の四人で、平永町の稲荷の境内から河合道場を見張っているとき、青山と長身の武士が姿を見せたという。安之助は、長身の武士を見て、すぐに自分たちを襲った三人の武士のひとりだと気付いた。

さっそく、孫六と三太郎のふたりで、青山と長身の武士の跡を尾《つ》けた。茂次と安之助はその場に残り、そのまま河合道場の見張りをつづけたという。青山たちの跡を尾けるのに、四人もいらなかったし、河合道場から三人の武士のうちの残るひとりが出てくる期待があったからである。

「青山たちは、日本橋通りに出てすぐに分かれやした」

青山は日本橋方面へ向かい、長身の武士は八ッ小路の方へむかった。

八ッ小路は、昌平橋のたもとで八方から道が集まっていることからそう呼ばれていた。

孫六と三太郎は、迷わず長身の武士の跡を尾けた。それというのも、青山は多町の自分の家へ帰るとみたからである。

長身の武士は、昌平橋を渡って湯島へ出た。そして、中山道をたどって昌平坂学問所の裏手を通り過ぎてすぐに右手の路地に折れた。

長身の武士は、しばらく武家屋敷のつづく通りをたどってから小体《こてい》な武家屋敷へ入った。百石前後の御家人の屋敷らしかった。

「そこが、やつの屋敷でしてね。その後、三太郎とふたりで、近所で聞き込んでみたんでさァ」

その結果、武士の名が北園勘次郎で、家は八十石の御家人であることが分かったという。

「御家人か」

源九郎が小声で言った。

「北園家は八十石取りですがね。勘次郎は冷や飯食いのようですぜ。それで、三十ちかくなっても、河合道場に通っているらしい」

孫六が将棋盤に目をやりながら言い添えた。

「残るは、ひとりか。いずれにしろ、そろそろ仕掛けてもいいな」

源九郎がつぶやいたとき、

「そうだ！　この手だ」

突然、菅井が声を上げた。

「何かいい手を思いついたか」

「金の前に歩を打てば、金がつむのだ」

菅井が、将棋盤を睨みながら言った。

「なんだ、将棋か。わしは、三人の武士をどうするか、いい手を思いついたと思ったぞ」

源九郎があきれたような顔をして言った。

「華町の旦那、菅井の旦那が将棋を始めたらだめでさァ。頭んなかは、将棋だけになっちまう」

茂次が笑いながら言った。

二

神田平永町にある料理屋、「清政《きよまさ》」の二階の座敷に五人の男が集まっていた。道場主の河合、師範代の青山、門弟の北園、それに渋川と森本洋次郎《もりもとようじろう》という松浦藩の家臣だった。森本は河合道場の門弟でもある。

「森本、松浦藩の動きはどうだ」

河合が森本に銚子をむけながら訊いた。

河合は四十代半ば。鼻梁が高く、眼光のするどい精悍《せいかん》な面構えをしていた。中背で痩身だが胸は厚く、剣の修行で鍛えたひきしまった体軀《たいく》である。身辺には、剣の遣い手らしい威容をそなえている。

「まだ、指南役の話は進んでおりません。島田道場を推す者もいて、重臣たちも決めかねているようです」

森本が杯を差し出しながら言った。

「そうか。……まァ、そのうち、わしのところに話がくると思うがな」

そう言って、河合は森本の杯に酒をついでやった。自信があるのか、口元には笑みも浮かんでいる。

河合は門弟の森本をとおして、松浦藩の動向をつかんでいたのだ。

「ところで、菅井の傷の具合はどうだ」

河合が、膳の杯に手を伸ばしながら訊いた。

「長屋で唸《うな》っているそうです」

北園が、銚子で河合の杯に酒をつぎながら、伝兵衛店の近所で耳にしたことを言い添えた。

「傷は左肩だそうだな」

河合が渋川に目をむけて訊いた。

「命を落とすようなことはないが、傷は深いはずだ」

渋川が言った。

「しばらく、居合は遣えんな」

そう言って、河合は手にした杯をゆっくりと口に運んだ。

次に口をひらく者がなく、座は沈黙につつまれたが、

「華町もやりますか」

と、青山が訊いた。

「そうだな。おれは、菅井より華町の方が腕は上とみているのだ。それに、菅井

は居合だ。真剣勝負なら別だが、竹刀《しない》や木刀を遣っての道場での立ち合いでは、それほど恐れることはない。油断のできないのは華町だ」

河合の顔がけわしくなった。

「ならば、華町もおれが始末しよう」

渋川が低い声で言った。双眸《そうぼう》が切っ先のようにひかっている。酒気を帯びて、かすかに赤らんだ肌とあいまって刹鬼《せっき》のような凄《すご》みがある。

渋川は三十代半ば、三年ほど前から食客として河合道場に寝泊まりしていた。牢人だが、若いころ練塀小路にある中西派一刀流の道場で河合と同門だった。そのことが縁で、河合道場に草鞋《わらじ》を脱いでいたのである。

渋川は河合道場に草鞋を脱ぐ前の数年間、街道筋を流れ歩きながら廻国修行の剣客に立ち合いを挑んだり、中山道筋の宿場の親分の用心棒をしたりして生きてきた。そうした流浪のなかで多くの修羅場をくぐり、真剣勝負に勝つ剣を会得したのだ。

「老いてはいるが、華町は鏡新明智流の達者だ」

河合が低い声で言った。

「おれと青山とで、やろう」

渋川が語気を強くして言った。

「ふたりなら、後れをとることはあるまい」

河合が渋川と青山に目をむけて言った。

「それで、いつやる」

青山が渋川に訊いた。

「早い方がいいだろう。おれはいつでもかまわんぞ」

「分かった。……華町が長屋から出たら、待ち伏せよう」

青山が北園と目を合わせてうなずき合った。北園がはぐれ長屋を見張って、源九郎の動向を知らせる役らしい。

話が一段落すると、河合が、

「他にも、気になることがあるのだ」

と、一同に視線をまわして言った。

「師匠、何が気になるんです」

北園が訊いた。

「村上《むらかみ》という若い門弟がいるな」

村上与次郎《よじろう》は、河合道場の門弟である。

「はい」

「村上は道場の近くに住んでいるのだが、近所の住人から、河合道場のことを探っている者がいるらしいと耳にしたようなのだ」

「華町たちではないのか」

渋川が杯を手にしたまま言った。

「それが、町人らしいのだ。ひとりではなく、何人もいるらしい。村上が耳にしたことによると、年寄りもいるし、若い男もいるらしいのだ」

「そういえば、華町には何人も仲間がいて、はぐれ長屋の用心棒などと呼ばれているそうですよ」

北園が言った。

「伝兵衛店の者が、道場のことを嗅《か》ぎまわっているということだな」

河合が低い声で言った。

「華町たちも、何か手を打ってくるかもしれません」

「うむ……」

河合が虚空に視線をとめて渋い顔をした。

すると、渋川が、

「いずれにしろ、島田を押さえれば、すぐに決着がつくのではないのか」

と、河合に目をむけて言った。

「そうだな。島田道場に乗り込んで島田を打ちのめせば、それで始末がつく」

河合が、一同に視線をまわして言った。双眸が切っ先のようにひかっている。

三

その日、源九郎は孫六と三太郎を連れて、湯島に向かった。孫六たちが北園の屋敷をつきとめた三日後である。

源九郎は、まず北園の屋敷だけでも見ておくつもりだったが、機会があれば北園を討ってもいいと思っていた。剣客として、北園に剣の立ち合いを挑むのである。安之助や磯次の敵を討つというより、源九郎自身や島田道場の門弟たちを守るためである。三人の武士のうちのひとりでも討ちとれば、河合道場の者たちも容易に手が出せなくなると読んだのだ。

昌平坂学問所の裏手を過ぎたとき、

「旦那、こっちでさァ」

と孫六が言って、右手の路地をまがった。

源九郎たち三人は、旗本や御家人の屋敷のつづく路地を歩いた。

「あの屋敷ですぜ」

孫六が路傍に足をとめ、右手前方の屋敷を指差した。木戸門を構えた小体な武家屋敷だった。板塀でかこってある。

「屋敷の様子を探ってみるか」

源九郎たちは、板塀に近付いた。

板塀と隣の屋敷の築地塀との間に狭い空き地があった。そこへ入れば、通りから見られずに済みそうだった。

源九郎たちは足音を忍ばせて塀の間に入って身を隠した。

屋敷内はひっそりしていた。物音も話し声も聞こえてこなかった。板塀の節穴から覗くと、玄関先が見えた。人影はない。

右手が狭い庭になっていた。しばらく植木屋の手が入ってないとみえ、植木はぼさぼさで地面は雑草におおわれていた。その庭に面して縁側があり、その先には障子がしめてあった。そこにも、人影はなかった。ただ、かすかに廊下を歩くような足音が聞こえた。住人はいるらしい。

源九郎たちは、小半刻（三十分）ほど板塀に身を張り付けていたが、屋敷内に何の動きもなかった。はたして北園が屋敷内にいるかどうかも分からなかった。

「これでは、埒《らち》があかぬな」

源九郎が小声で言った。

「旦那、河合道場にまわってみやすかい。北園がいるかもしれやせんぜ」

孫六が小声で言った。

「そろそろ、稽古が終わるころだな」

陽は西の空にまわっていた。七ッ（午後四時）を過ぎているだろう。源九郎は河合道場の午後の稽古時間は知らなかったが、七ッごろまでだろうと踏んだ。

「途中で、出くわすかもしれやせんぜ」

孫六が言った。

「北園でなく、青山が姿を見せるかもしれんな。……ともかく、平永町に行ってみよう」

源九郎たちは板塀の陰から路地に出た。源九郎は場合によっては、北園でなく青山を先に討ってもいいと思った。

源九郎たちは路地をたどって中山道へ出ると、昌平坂学問所の裏手を通って神田川にかかる昌平橋を渡った。

八ツ小路を抜けて右手の通りへ入ると、平永町である。

平永町の路地をしばらくたどってから、

「河合道場は、この辺りだったな」

源九郎が町筋に目をやりながら言った。源九郎は河合道場の前を何度か通ったことがあったのだ。

「旦那、いい張り込みの場所があるんですぜ」

そう言って、孫六が路地沿いにあった稲荷の境内に源九郎を連れていった。そこから、河合道場の戸口が見えるという。

なるほど、境内をかこった樫《かし》と欅《けやき》の葉叢《はむら》の間から道場が見えた。茂次や孫六たちは、この稲荷の境内に張り込んで、河合道場を見張ったらしい。

半刻（一時間）ほど過ぎた。まだ、北園も青山も姿を見せなかった。居残りで稽古したらしい若い門弟がふたり、道場から出てきただけである。

石町《こくちょう》の暮れ六ツ（午後六時）の鐘が鳴った。稲荷の境内は淡い夕闇につつまれている。遠近《おちこち》から、パタパタと表戸をしめる音が聞こえてきた。路地沿いの店が、店仕舞いし始めたのである。

「引き上げるか」

源九郎は、腰を伸ばして手でさすった。屈んだ格好で葉叢の間から覗いていたので、腰が痛くなったのだ。

「今日は、無駄骨かい」

孫六は両手を突き上げて伸びをした。

三太郎も腰が痛くなったのか、手を腰に当ててさすっている。

三人は稲荷の赤い鳥居をくぐって路地へ出た。柳原通りを通り、両国橋を渡ってはぐれ長屋に帰るつもりだった。

源九郎たち三人は、足早に柳原通りへむかった。


そのとき、河合道場の戸口から三人の男が路地へ出てきた。青山、渋川、北園の三人である。三人は、店仕舞いした路地沿いの店の軒下や路傍の樹陰などをたどりながら、源九郎たちの跡を尾けていく。

源九郎たちが柳原通りに出たとき、

「おれは、先まわりするぞ」

と言って、渋川が右手の路地へ駆け込んだ。

後に残った青山たちは柳原通りへ出ると、すこし足を速め、源九郎たちとの間をつめ始めた。

源九郎たちは、青山たちに尾けられていることを知らなかった。

柳原通りは夕闇につつまれていた。日中は人通りの多い通りも、いまは人影がまばらだった。夜鷹そば、仕事帰りに一杯ひっかけたらしい大工、居残りで仕事をしたらしい職人などが通り過ぎていく。

風があった。土手沿いに植えられた柳が、ザワザワと音をたてて枝葉を揺らしている。

源九郎たちの前方に、神田川にかかる和泉橋《いずみばし》が見えてきた。黒い橋梁が、夕闇のなかに浮かび上がっているように見えた。

青山はすこし足を速め、さらに源九郎たちとの間をつめた。

四

「旦那、だれか後ろから来やすぜ」

孫六が振り返って言った。

源九郎も振り返った。黒い人影が、土手沿いに植えられた柳の樹陰をたどるようにして近付いてくる。大柄だった。武士である。袴姿で二刀を帯びているのがみてとれた。覆面で顔を隠している。

……青山か！

源九郎がそう思ったとき、菅井から聞いた話が脳裏をよぎった。菅井は、柳原通りで青山と中背の武士に挟み撃ちに遭ったのだ。

菅井を襲ったふたりかもしれぬ、そう思って、前方に目をやったが、それらしい人影は見えなかった。

「だ、旦那、あっしらを狙ってるようですぜ」

孫六が声をつまらせて言った。顔がこわばっている。

背後の武士が通りにあらわれ、さらに間をつめてきた。源九郎たちを襲おうとしているようだ。

このとき、北園は柳の樹陰にいた。この場は、青山と渋川にまかせようとしたのである。相手は源九郎ひとりである。青山と渋川で十分とみたのだ。むろん、闘いの様子を見て飛び出すつもりでいた。

源九郎が左手で鍔元《つばもと》を握り、刀の鯉口を切ったときだった。

「旦那、前にもいやす！」

と、三太郎がひき攣《つ》ったような声を上げた。

見ると、前方の柳の樹陰から人影が通りに出てきた。中背の武士である。渋川だった。源九郎は、まだ渋川を目にしていなかった。名も知らない。

……挟み撃ちだ！

源九郎は、菅井と同じふたりに待ち伏せされたことを察知した。

前方の武士も源九郎たちに近付いてきた。遠目にも、中背の武士が遣い手であることが分かった。腰が据わり、小走りに近付いてくる姿に隙がない。背後の武士は、青山であろう。青山も手練《てだれ》のはずである。

……このままでは、三人とも斬られる。

と、源九郎は察知した。

ともかく、孫六と三太郎は逃がさねばならぬ、と思った。ふたりは戦力にならないし、いればかえって足手纏《まと》いになる。

「孫六、三太郎、逃げるぞ！」

声を上げ、源九郎は前から走ってくる中背の男にむかって走った。

源九郎は走りざま、抜刀した。孫六と三太郎が、必死の形相でついてくる。

背後の大柄な武士も走りだした。まだ、抜刀せず、左手を鍔元に添えている。

前方の中背の武士が足をとめた。そして、刀を抜くと、青眼に構え、切っ先を源九郎の喉元につけた。腰の据わった隙のない構えである。中背の武士の刀身が、淡い夕闇のなかで銀蛇のようにひかっている。

源九郎は中背の武士との間合が五間ほどに迫ったとき、足をとめ、

「孫六、三太郎、逃げろ！」

と、叫んだ。

「だ、旦那も、いっしょに逃げてくれ」

孫六も足をとめ、声を震わせて言った。

三太郎も足をとめた。恐怖で身が顫《ふる》えている。

「足手纏いだ！　逃げろ。ふたりがいては、闘えぬ」

源九郎が、叱咤《しった》するような激しい声で叫んだ。何としても、ここはふたりを逃がしたかったのだ。

源九郎の剣幕に押されたのか、孫六と三太郎が、前方から迫ってくる武士を避け、路傍にまわり込んで逃げた。

前方の武士は、すばやく間合をつめてきた。孫六と三太郎は無視している。狙いは、源九郎ひとりのようだ。背後から来る武士も走るのをやめ、ゆっくりとした歩調になった。

……わしは逃げられぬ。

と、源九郎は思った。

源九郎は、土手際の柳に身を寄せて立った。背後から攻撃されるのを防ごうとしたのである。

中背の武士が源九郎の正面に立った。丸顔で、目の細い男である。細い目が獲物を狙う蛇《くちなわ》のようにうすくひかっている。

大柄な武士は源九郎の左手にまわり込み、抜刀した。

「わしの名は華町源九郎。うぬの名は」

源九郎が中背の武士にむかって誰何《すいか》した。

「渋川十三郎」

渋川がくぐもった声で名乗った。名を隠す気はないようだ。それとも、ここで源九郎を斬殺するつもりなので、名乗っても差し支えないと思ったのか。

「うぬは、河合道場の者か」

源九郎が切っ先を渋川にむけながら訊いた。

「問答無用」

渋川は青眼に構えていた。切っ先を源九郎の喉元につけている。

源九郎も青眼に構えた。相青眼《あいせいがん》である。

左手に立った大柄な武士の構えは、八相である。刀身を垂直に立てた高い八相だった。大柄な体とあいまって、上からかぶさってくるような威圧があった。

「いくぞ！」

渋川が一声上げ、足裏を摺《す》るようにして間合をせばめ始めた。体に磐石の重みがくわわり、切っ先がピタリと源九郎の喉元につけられている。下から突き上げてくるような威圧がある。

……できる！

源九郎の全身におののきがはしった。尋常な相手ではない。構えの威圧にくわえ、渋川の全身には多くの人を斬ってきた凄みがあった。

青山と思われる左手の大柄な武士も遣い手だった。やや間合が遠いが、源九郎が隙を見せれば、すかさず斬り込んでくるだろう。

……先《せん》をとらねば、勝負にならぬ。

と察知し、源九郎が先に仕掛けた。

イヤアッ！

裂帛《れっぱく》の気合を発し、源九郎がすばやい動きで左手に動いた。

大柄な武士の八相に構えた刀身が揺れた。虚を衝《つ》かれたのである。大柄な武士は、源九郎がいきなり自分にむかってくるとは思わなかったのだろう。

だが、大柄な武士の動揺はすぐに消えた。全身に気勢が満ち、斬撃の気がみなぎった。

タアッ！

いきなり、源九郎が斬り込んだ。迅速な動きである。

振りかぶりざま真っ向へ。膂力《りょりょく》のこもった斬撃だった。

オオッ！

と声を上げ、大柄な武士が刀身を振り上げて、源九郎の斬撃を受けた。

だが、体勢がくずれてよろめいた。源九郎の強い斬撃に押されたのである。

おいすがって源九郎が二の太刀をあびせれば、大柄な武士を斬れたかもしれない。だが、咄嗟《とっさ》に源九郎は右手に跳んだ。

渋川が背後に迫り、斬撃を浴びせようとしているのを察知したからである。

刹那《せつな》、耳元で刃唸《はうな》りがし、源九郎の着物の左の肩先が裂けた。斬り込んできた渋川の切っ先が、源九郎の肩先をわずかにとらえたのだ。

ふたたび、源九郎は青眼に構えて渋川に切っ先をむけた。肩先に疼痛《とうつう》があった。浅手だが、血が着物を染めている。

「浅かったようだな」

渋川が薄笑いを浮かべて言った。だが、目は笑っていなかった。源九郎にむけられた双眸には、悪鬼を思わせるような異様なひかりが宿っている。

大柄な武士は、ふたたび左手にまわり込んできた。構えは八相のままだが、すこし間合をせばめていた。全身に気勢が満ち、斬撃の気配がただよっている。

……このままでは、斬られる！

源九郎の全身が粟立った。逃げるに逃げられない。

渋川と大柄な武士が、ジリジリと間合をせばめてくる。

五

このとき、孫六と三太郎は、両国広小路の方へ一町ほど行った先に立っていた。ふたりとも、源九郎を残して逃げる気はなかったのだ。

「さ、三太郎、始まったぞ！」

孫六が声を震わせて言った。

鋭い気合が聞こえ、夕闇を切り裂くように刀身の白光が疾《はし》った。三人の斬り合いが始まったのである。

「だ、旦那があぶねえ！」

三太郎が、悲鳴のような声を出した。

「旦那を助けるんだ」

「ど、どうやって……」

三太郎が身を顫わせて訊いた。

「男たちを集めるんだ。三太郎、銭を握らせて、そこらにいる男を集めてこい」

孫六が、通りの先に目をやって言った。

半町ほど先に、こちらに歩いてくるふたり連れの男の姿が見えた。さらに、その先にも男がひとりいる。

「あそこにもいる！」

左手の路傍にも、ふたつの人影があった。源九郎たちの闘いに気付いて、足をとめたらしい。

「三太郎、向こうから来るやつらを連れてこい」

孫六は通りの先を指差すと、自分は路傍に走った。左足が不自由だが、何とか走れたのである。

三太郎も、駆けだした。

路傍にいたのは、船頭ふうの男だった。一杯やった帰りかもしれない。こわばった顔で、通りの先の闘いに目をむけている。

「お、おい、手を貸してくれ！」

孫六が声を上げた。

「なんだ、おめえは」

赤ら顔の男が、驚いたような顔をした。

「あそこでやり合っているのは、うちの旦那だ。ふたり組の辻斬りに襲われたんだ。手を貸してくれ」

そう言うと、孫六は巾着《きんちゃく》から銭をつかみ出し、押しつけるようにふたりの男に握らせた。

「手を貸すのは、いいが、何をしろってえんだ」

赤ら顔の男が、戸惑うような顔をした。もうひとりも、銭を握ったまま困ったような顔をしている。

「遠くから、石を投げてくれ！」

「石を投げるのか」

「やつらが、向かってきたら、逃げればいい。それに、おれたちだけじゃァねえ。大勢いるんだ」

孫六は通りの先の三太郎を指差した。

ちょうど、三太郎がふたり連れの男に声をかけているところだった。

「おもしれえ」

赤ら顔の男が言うと、もうひとりもうなずいた。

「いっしょに、来てくれ」

孫六が走りだした。

ふたりの男も、孫六の後ろについてきた。

孫六たち三人は、源九郎たちが闘っているところから二十間ほどの距離をとって足をとめた。

……旦那が、あぶねえ！

孫六は、源九郎がふたりの武士に追いつめられているのを見た。源九郎の着物の肩先と二の腕が裂けている。

そのとき、背後から走り寄る足音が聞こえた。三太郎がふたりの男を連れて、走ってくる。これで、都合六人である。

「石を投げろ！」

一声叫び、孫六が足元の石をひろい、源九郎と対峙している中背の武士を目がけて投げつけた。

「やろう！」

赤ら顔の男が孫六につづいて投げ、もうひとりの男も足元の石をひろって投げた。

源九郎は渋川と対峙していた。相青眼に構えていたが、源九郎の切っ先は小刻みに揺れていた。左の二の腕にも斬撃を受けて腕が震え、刀身が揺れているのだ。

……長くはもたぬ！

源九郎がそう思ったとき、孫六の叫び声が聞こえ、対峙していた渋川の足元に小石が転がってきた。孫六が投げた石である。

渋川が慌てて一歩身を引き、間をとってから振り返った。二十間ほど先に、何人もの黒い人影が見えた。渋川の顔に、戸惑うような表情が浮いた。

そのとき、さらに石が飛んできて、渋川の袴の裾に当たった。大柄な武士のそばにも石が飛んできた。

「何奴《なにやつ》！」

大柄な武士が声を上げた。

次々に石が飛来し、渋川と大柄な武士の近くに落ちた。大柄な武士の腰のあたりに当たった石もある。

「これは、たまらん」

渋川がさらに後じさり、土手際へ逃れた。

何人もの掛け声や気合が聞こえ、バラバラと石が飛んできた。六人が、いっせいに石を投げ始めたのだ。

「ひ、引け！」

大柄な武士が叫んだ。

「華町、いずれ決着をつけようぞ」

そう言い残し、渋川が反転して駆けだした。

大柄な武士も、渋川の後を追って走りだした。ふたりの姿が、夕闇のなかを遠ざかっていく。

「華町の旦那ァ！」

孫六が声を上げ、三太郎とふたりで駆け寄ってくる。

……孫六と三太郎に助けられたようだ。

源九郎は、刀をひっ提げたままふたりに歩を寄せた。

六

源九郎は座敷に胡座をかき、お熊がとどけてくれた握りめしを頬ばっていた。

源九郎が渋川たちに襲われ、手傷を負った三日後である。

肩先の傷は浅かったが、左の二の腕の傷は思ったより深かった。それでも、東庵に診《み》てもらうほどの傷ではなく、長屋にもどってから孫六と三太郎に晒を巻いてもらっただけである。

お熊は源九郎が怪我をしたことを聞くと、気をきかせて朝夕に握りめしや茶漬けなどをとどけてくれたのだ。

腰高障子の向こうで足音が聞こえ、障子があいて、菅井と孫六が顔をだした。

菅井は飯櫃《めしびつ》を持ち、孫六は丼《どんぶり》を手にしていた。

「なんだ、めしを炊いたのか」

菅井が、源九郎の手にしている握りめしを見て言った。

「お熊がとどけてくれたのだ」

「おれも、握りめしを持ってきたのだ」

菅井が上がり框に立って言った。

菅井はこのところ自分でめしを炊けるようになっていた。まだ、厚く晒を巻いていたが、多少腕を動かしても傷がひらくようなことはないようだ。

「あっしは、たくあんを持ってきやした。おみよが、旦那の分もいっしょに切ったんでさァ」

と、孫六が目を細めて言った。おみよというのは、孫六の娘である。

「ところで、ふたりは朝めしを食ったのか」

源九郎が訊いた。

「おれは、まだだ」

菅井が言った。

「あっしは、食ってきやした」

「孫六も、握りめしひとつぐらいなら食えるだろう。どうだ、いっしょに食わんか」

源九郎が言うと、

「ごっそうになりやす」

孫六が目を細めて言った。

菅井と孫六は飯櫃と丼を手にして座敷に上がった。三人は顔をむけ合って胡座をかくと、すぐに握りめしに手を伸ばした。

「おれを襲ったふたりと、同じやつららしいな」

握りめしを手にしたまま菅井が、念を押すように訊いた。

すでに、源九郎から菅井に、襲われたときの様子は話してあったのだ。

「まちがいない。ひとりは、渋川十三郎と名乗った。もうひとりの大柄な男は、青山であろう」

「これで、安之助たちを襲った三人が知れたわけだな」

菅井が、青山、北園、渋川の名を口にした。

「渋川も、河合道場にかかわりがあるとみていいだろう。……松浦藩の指南役になるために、島田道場をつぶそうとして仕掛けたのだな」

源九郎が言った。

「三人の裏で糸を引いているのは、河合だろうな」

菅井が低い声で言った。

「まちがいあるまい。……河合が表に出て、それが松浦藩の耳に入ると指南役はふいになる。それで、腕の立つ門弟や渋川に頼んだのであろうな」

源九郎の推測だったが、まちがいないだろうと思った。

菅井は手にした握りめしをひとつ食い終えると、丼のたくあんに手を伸ばした。

「おれは、河合が手を変えたとみているのだ」

菅井がたくあんを手にしたまま言った。

「手を変えたとは？」

「門弟を打ちのめしても島田道場はつぶれそうもないとみて、道場破りを打ち負かしたおれと華町に手を伸ばしてきたのだ」

そう言って、菅井がたくあんをバリバリと噛んだ。

「うむ……」

源九郎も、菅井の言うとおりだと思った。

菅井はたくあんを噛み終えると、

「おれたちを斬り殺そうとして真剣を遣ってきたが、失敗したわけだな。ふたりとも、傷を負ったが命にかかわりはないからな」

菅井は腕を伸ばしてふたつ目の握りめしを手にした。

孫六はたくあんを嚙みながら、ふたりの話に耳をかたむけている。

「そうかな」

青山たちは、失敗したのではないかもしれない。菅井や自分の命を奪うことが目的なら、長屋に踏み込んできて手傷を負った菅井の命を狙うのではあるまいか。それに、河合たちが菅井や自分を斬殺しても、松浦藩に対して河合道場が勝っていることを訴えることにはならないはずなのだ。

源九郎がむずかしい顔をして口をつぐんでいると、

「華町、何か懸念があるのか」

と、菅井が訊いた。

「近いうちに、河合道場の者が何か仕掛けてくるような気がする」

源九郎がつぶやくような声で言った。

「おれも、このまま河合たちが何もせずに様子を見ているとは思わんが……」

菅井もむずかしい顔をして考え込んだ。

すると、ふたりのやり取りを黙って聞いていた孫六が、

「旦那、あっしらが探ってみやすよ。河合道場の動きをみてれば、何をする気か

分かるはずだ」

　そう言って、腰を上げた。

「孫六、どこへ行く」

「水を一杯、もらいやす。喉が渇いちまって」

　孫六が照れたような顔をして言った。さっきから、たくあんを頬張っていたので、茶が欲しくなったのだろうが、水で我慢するつもりらしい。

「孫六」

　源九郎が流し場に立った孫六に声をかけた。

「へい」

　孫六が柄杓《ひしゃく》を手にして振り返った。

「河合道場の近くに張り込むのは、しばらくやめておけ」

「何か都合の悪いことがありやすか」

　孫六は水桶の水を柄杓で汲んだ。

「どうも、河合道場の者は、わしらが道場を見張っているのを気付いているような気がするのだ」

　源九郎が待ち伏せされたのは、河合道場からの帰りだった。菅井もそうであ

る。見張られていることに気付き、その帰りを襲ったのではないか、と源九郎は思ったのだ。そのことを源九郎が話すと、

「そうかもしれん」

菅井も、うなずいた。

「分かりやした。茂次たちにも話しておきやしょう」

そう言って、孫六は柄杓の水を喉を鳴らして飲んだ。

孫六が座敷にもどってきたところで、

「すこし河合道場から離れたところで、渋川が何者か聞き込んでくれんか。それに、島田道場にも、目を配ってくれ」

源九郎は、ちかいうちに河合たちが島田道場に対して何か仕掛けてくるような気がしたのである。

七

島田道場は活況だった。十人の門弟が道場に立ち、竹刀を打ち合っていた。その激しい竹刀の音にくわえ、気合、床を踏む音などが耳を聾《ろう》するほどにひびいている。門弟たちは引立《ひきた》て稽古に取り組んでいたのだ。

引立て稽古は掛り稽古ともいわれ、上級者の者が下級者に対して、面、籠手《こて》、胴などに隙を見せて打ち込ませる稽古である。

他に二十人ほどの門弟が防具をつけ、竹刀を手にして道場の両側の隅に待機していた。稽古場があくのを待っているのである。

また、道場の隅には安之助の姿もあった。まだ、門弟たちといっしょに稽古はできなかったが、道場に来て稽古を見ていたのだ。見取り稽古といって、見ているだけでも稽古になるのである。磯次、猪吉、庄助の姿はなかった。怪我を負ったことで、いくぶん剣術熱が冷めたようだ。

師範座所には、稽古着姿の島田がいた。さきほどまで、門弟たちに直接指南していたが、いまは門弟の稽古に目を配っていた。

そのとき、玄関近くにいた門弟が、その場に座して面、籠手をとった。戸口で、訪《おとな》いを請う声が聞こえたのである。

田上俊助《たがみしゅんすけ》という若い門弟だった。田上は道場の引き戸をあけると、戸口の板敷きの間に出た。

土間に、三人の武士が立っていた。いずれも、羽織袴姿で二刀を帯びていた。御家人か、江戸勤番の藩士といった格好である。青山、北園、渋川の三人だった。むろん、田上は青山たちの顔を知らない。

青山は、田上が板敷きの間に膝を折るとすぐに、

「われらは、河合道場の者でござる」

と、大声で名乗った。

田上の顔が驚愕《きょうがく》にゆがんだ。言葉を失い、目を見開いて三人の顔を見つめている。島田道場の門弟のほとんどが、河合道場との対立を知っていたのだ。

「島田どのに、お伝えしたいことがあってまいった。お取り次ぎ願いたい」

さらに、青山が声を上げた。

「……し、しばし、お待ちを」

田上は震えを帯びた声で言うと、腰を上げ、慌てて道場へもどった。

田上は、稽古している門弟たちの後ろを走るようにして師範座所へむかった。

島田は田上の姿を目にし、すぐに何か異変があったことを察知して立ち上がった。引立て稽古をしていた何人かの門弟も田上の姿を目にして竹刀を下ろした。

そのなかに、師範代役の佐賀や源九郎たちから話を聞かれた竹本と松村もいた。

「どうした、田上」

島田が、顔色を変えて近付いてきた田上に訊いた。

「お、お師匠、河合道場の者たちが三人……」

田上が声をつまらせて言った。

「道場に来ているのか」

「は、はい」

「して、用件は」

「お師匠に伝えたいことがあるとのことですが」

「うむ……」

道場破りや他流試合のためなら、一手、指南を所望、とか、立ち合いを所望、と言うはずである。言葉どおりなら、伝言があるということだが――。

島田は師範座所のそばに座し、面、籠手をとった佐賀に、

「佐賀、ここへ」

と、声をかけた。

異変を察知した佐賀は、顔をつたう汗も拭かずに島田のそばに来た。

「河合道場の者が来ているようだ。用件を訊いてきてくれ」

島田が指示した。

すでに、道場内で竹刀を打ち合っている者はいなかった。引立て稽古をしてい

た者たちは道場の異変に気付き、両側に分かれて座していた。すでに、面、籠手をはずしている者も多い。いずれも、戸口に向かう佐賀と田上に視線をむけている。

島田は師範座所から道場に下り、

「面を取って、その場で待て」

と、門弟たちに声をかけた。河合道場側の狙いが分かるまで、稽古をこのままつづけることはできなかったのだ。

道場内はさっきまでの喧騒が嘘のように、張りつめた緊張につつまれた。門弟たちのすべてが、面、籠手をはずし、顔を戸口の方へむけている。門弟たちの荒い息の音や流れる汗を手の甲で拭う音などが、聞こえていた。

戸口で床を踏む音がし、引き戸の間から佐賀と田上が入ってきた。その背後から、三人の武士が道場内に姿を見せた。

そのとき、道場の両側に座し、固唾《かたず》を飲んで見つめていた門弟たちのなかから、アッ、という声が、洩《も》れた。安之助だった。三人の武士が、自分たちを襲った者たちだとすぐに分かったのだ。

小山や杉山など松浦藩の家臣たちも驚愕に息を呑み、青山たち三人を見つめている。小山たちも、青山たちのことは知っていたのだ。

青山たち三人は門弟たちの注視のなかをドカドカと床を鳴らし、師範座所を背にして立っている島田に近付いてきた。

青山たち三人は、島田と四間ほど間合をとって足をとめた。すると、佐賀が島田に身を寄せて、

「三人は、河合道場の方たちです。師匠に、直にお伝えすることがあるそうです」

と、小声で伝えた。

「お三方、いまは稽古中ですので、奥で聞きましょうか」

島田はどのような話であれ、門弟たちの前で話すつもりはなかった。

「いや、この場で結構」

青山が声を大きくして言った。目尻がつり上がり、いかつい顔が紅潮して赭黒《あかぐろ》く染まっていた。猛虎を思わせるような顔である。

それでも、島田が奥へ三人を連れて行こうとすると、

「われらは、他流試合を所望！」

突然、青山が大声で言い放った。

「なに……」

島田は驚いたような顔をして青山たちを見た。

道場の両側に居並んだ門弟たちも、驚愕に目を剝《む》いて青山たちを見ている。道場内は張りつめた緊張につつまれていた。かすかに門弟たちの息の音が聞こえるだけである。

「われら河合道場は、一刀流。島田道場は神道無念流。したがって、一刀流と神道無念流の試合でござる」

青山は居並んだ門弟たちにも聞こえるように大声で言った。

「わが道場は、他流試合を禁じているが」

島田が言った。表向き、他流試合を禁じている町道場が多かった。どちらが勝っても、流派間の対立を生むからである。

「ならば、指南で結構。われら河合道場の者が、一手指南を所望したと思《おぼ》し召されい」

さらに、青山が声を上げた。

「そこもとたち、三人か」

三人は立ち合いを断られないよう、わざわざ門弟たちが居並んだなかで立ち合いを望んだようだ。

「さよう」

「多いな。ひとりでよいのではないか」

道場破りと同じだ、と島田は思った。三人も相手してやることはないのであ
る。

「さきほども申したとおり、これは道場破りではござらぬ。われら河合道場の者が、当道場に指南を仰ぎたいのでござる。……てまえどもは三人、島田道場側も三人出していただきたい」

「道場間の試合か」

まわりくどい言い方をしているが、河合道場と島田道場が三人ずつ出して、試合をしたいということである。

島田は河合道場側の意図が読めた。両道場からそれぞれ代表者を出して試合をし、河合道場が島田道場を破ったことを天下に知らしめたいのだ。河合道場の実力が、島田道場に勝っていることを松浦藩に知らせることにもなる。

「断ったら」

「島田道場は河合道場を恐れ、竹刀を合わせることすら拒んだと吹聴するだけで

ござる。われらが来たことを隠すことはできぬはず。ここに居並んでいる門弟たちが、こうして見ているのでな」

そう言って、青山が息をつめて見つめている門弟たちに目をやった。その口元に勝ち誇ったような薄笑いが浮いている。

……門弟たちの前で、言い出したのはそのためか。

門弟たちを人質に取ったのである。

「よかろう。だが、こちらにもそれなりの支度がある」

相手は三人。こちらも三人選ばねばならない。ただ、こちらは、まだ未熟な者が多かった。三人選ぶのはむずかしい。ともかく、源九郎と菅井に相談してみよう、と島田は思ったのだ。

「結構でござる。……いかがでござろう。五日後では」

青山が言った。

「いいだろう」

五日あれば、試合に出る人選もできる。

「では、五日後の午後。試合の場は、当道場で結構でござる。河合道場側で望んだ試合ゆえ、それがしたちが参上いたす」

「承知した」

「では、五日後」

そう言い残し、青山がきびすを返した。

すると、それまで青山の脇に立っていた渋川が、

「いよいよ道場主の首をとる番だな」

とつぶやくように言って、口元に薄笑いを浮かべた。

青山たち三人は、道場の両側に居並んだ門弟たちの注視のなかを床板を踏み鳴らして出ていった。

第五章　他流試合

一

「なに、試合を申し込んできただと」

思わず、源九郎が聞き返した。

はぐれ長屋の源九郎の家である。座敷には、源九郎、菅井、孫六、それに島田の姿があった。

青山たちが、島田道場に乗り込んできた翌日である。さっそく、島田ははぐれ長屋に来て、源九郎たちにことの次第を話したのである。

「乗り込んできたのは、三人か」

菅井がけわしい顔をして訊《き》いた。

「河合道場の青山、北園、渋川の三人です」

島田は、河合道場の門弟だった小山から三人の名を聞いたことを言い添えた。

「おれたちを襲った三人だな」

源九郎が言った。

すると、源九郎の後ろで胡座《あぐら》をかいていた孫六が、

「渋川は門弟じゃァねえが、ふだん河合道場でごろごろしてるらしいですぜ」

と、口を挟んだ。孫六は茂次たちとともに渋川の身辺を洗っていたのである。

「食客のようだな。……三人のなかでは、一番の遣い手かもしれんぞ」

源九郎は、渋川と切っ先をあわせていたので腕のほどは分かっていたのだ。

「それで、立ち合うのは三人か」

源九郎が声をあらためて訊いた。

「はい」

「道場主の河合が立ち合うはずはないので、河合道場側は青山、北園、渋川の三人とみていいのではないかな」

源九郎が言った。

「わたしもそうみています」

島田は、小山と杉山から河合道場の様子を聞き、青山、北園、渋川の三人が出色の遣い手だとみていた。

「それで、島田道場側からはだれを出すつもりなのだ。……道場主の島田が、出るわけにはいかぬぞ」

源九郎は、島田道場の門弟のなかに、青山たち三人に勝てるような遣い手はいないのではないかと思った。それを知っているからこそ、河合道場側から試合を挑んできたのではあるまいか。

「ひとりは、佐賀になるでしょうが、残るふたりが――」

島田は戸惑うような顔をして源九郎と菅井に目をやり、

「おふたりは、無理だし……」

と言って、顔を曇らせた。

そのとき、菅井が身を乗り出すようにして、

「分かった！　おれたちを狙ったのは、試合に出さぬためだ」

と、声を上げた。

「そのようだな」

源九郎も、河合道場側の狙いが分かった。菅井と源九郎を襲ったのは、道場間

の試合に出さないためだったのだ。まだ、ひらいて間もない島田道場の門弟のなかに、それほどの達者はいない。かといって、道場主の島田が、試合に出るわけにはいかない。そこで、道場破りを打ち負かした菅井と源九郎を始末すれば、容易に勝てると踏んだのである。

「そうか。おれと華町に怪我を負わせたことで試合には出られぬと踏み、さっそく挑んできたわけだな。卑怯《ひきょう》なやつらだ！」

菅井が吐き捨てるように言った。

「うむ……」

源九郎も、苦々しい顔をした。河合道場側の狡猾《こうかつ》なやり方に腹が立ったが、どうにもならない。

「旦那、こっちも青山たちをやっちまったらどうです」

孫六が怒りに顔を染めて言った。

「闇討ちか」

菅井が、孫六と口を合わせた。

「だれが、やるのだ。それに、もう日がないぞ」

源九郎は無理だと思った。島田の話では、あと四日後である。それに、青山たちも用心しているだろう。

「ちくしょうめ……」

孫六が悔しそうに言って、視線を膝先に落とした。

次に口をひらく者がなく、座敷は重苦しい雰囲気につつまれた。

すると、源九郎が意を決したような顔をして、

「わしが、試合に出よう」

と、一同に視線をまわして言った。

「華町どの、腕の怪我は」

島田が、困惑したような顔をして源九郎の左腕に目をやった。袖で隠れていたが二の腕には晒《さらし》が巻いてあるはずである。

「なに、左腕だ。竹刀《しない》も木刀も遣える」

源九郎は、何とか試合に出られるだろうと思った。

「ですが、傷がひらくのでは」

島田が訊いた。

「傷がひらいても、命にかかわるようなことはあるまい」

たしかに、いま激しく左腕を動かせば、ふさがりかけた傷口がふたたびひらく

だろう。だが、治るのがすこし遅れるだけのことだ。

そのとき、源九郎と島田のやり取りを聞いていた菅井が、

「おれもやる！」

と、声を上げた。

「おい、おまえは肩だぞ。それに、わしより傷は深い」

菅井の場合、肩を動かすのは無理だろう。それに、居合には差し障りがあるはずだ、と源九郎はみたのだ。

「なに、華町と同じ左腕だ。右腕で、刀は抜ける」

菅井が意気込んで言った。

「おい、真剣勝負ではないぞ。武器《えもの》は竹刀か木刀だぞ」

菅井には、真剣を遣えない不利もあるのだ。

「真剣を遣わぬときは、それなりのやり方がある。それに、まだ四日あるではないか。試合までには治る」

菅井が、虚空を睨むようにして言った。

「………」

四日で治るはずはなかったが、源九郎は黙っていた。菅井は一度言い出すと、

きかないところがある。それに、菅井の他に試合に出る者が見当たらないのだ。

「ただし、後れをとるかもしれんぞ」

菅井が、声を低くして言った。菅井にも、勝てるという自信がないようだ。

……菅井だけではない。わしも、どうなるかわからん。

三人のなかでも、渋川は強敵だった。腕の傷がなくとも、後れをとるかもしれないのだ。

島田は困惑したような顔をして、視線を膝先に落としていた。島田とすれば、ふたりの腕に縋《すが》るより他になかったのである。

「島田、これはわしらの闘いでもある。剣客として挑まれた勝負だからな」

源九郎が重いひびきのある声で言うと、

「そのとおりだ」

菅井も語気を強くして言った。

二

源九郎は手桶に井戸で冷水を汲んでくると、諸肌《もろはだ》脱ぎになって体を拭いた。水垢離《みずごり》というほどのことではなかったが、体を清めようと思ったのである。左の二の腕には、まだ晒が巻いてあった。すでに、出血はとまっていたが、動かすとにぶい疼痛《とうつう》がある。

源九郎は体を拭き終えると、木刀を手にして外へ出た。木刀を振って、なまっている体をすこしでも蘇らせようとしたのだ。

源九郎は上段に振りかぶると、ゆっくりと振り下ろした。左の二の腕に肌を引っ張られるような感覚があり、疼痛がはしった。だが、傷口がひらいて出血はしなかった。

……何とか、素振りはできる。

源九郎は、ふたたび上段に振りかぶった。

ゆっくりとした動きで、小半刻（三十分）ほど木刀を振ると、全身が汗ばみ、頰や額を汗がつたうようになった。

背後で、下駄の音がした。振り返ると、お熊が丼《どんぶり》をかかえて近付いてくる。

源九郎は木刀を下ろし、手の甲で顔をつたう汗をぬぐった。

「旦那、稽古かい」

お熊が心配そうな顔をして訊いた。源九郎の腕の怪我を心配しているのかもしれない。

「煮染か。うまそうだな」

源九郎は、お熊の手にしている丼を覗いて言った。牛蒡《ごぼう》とこんにゃくの煮染である。

「旦那にも食べてもらおうと思ってね。よぶんに作ったんだよ」

お熊は、ときどき余っためしや惣菜などを源九郎にとどけてくれるのだ。

「それはありがたい。お熊の作る煮染はうまいからな」

世辞ではなかった。煮染にかぎらず、お熊の作る惣菜はうまかった。

「旦那、島田道場で立ち合いをするって聞いたけど、その体でできるのかい」

お熊が眉宇《びう》を寄せて訊いた。どうやら、お熊は島田道場での試合のことを耳にはさんだらしい。だれが話したか知れないが、長屋の住人にかかわる出来事はすぐに長屋中にひろまるのだ。

「こうして、木刀も振れるから大事あるまい」

源九郎は木刀を大きく振りかぶり、袈裟《けさ》に振り下ろして見せた。

「傷は大丈夫そうだね」

お熊の顔に、安心したような表情が浮いた。

……傷はともかく、試合に後れをとるかもしれぬ。

と、源九郎は思ったが、口にしなかった。

お熊が煮染を置いて帰った後、源九郎はふたたび木刀の素振りを始めた。なんとか、木刀は遣えそうである。

その夜、源九郎の家に孫六、茂次、三太郎の三人が集まった。三人は不安そうな顔をしていた。

「旦那、その体でやれやすかい」

茂次が、源九郎の左腕に目をやりながら訊いた。

「木刀を振ってみたが、大事ない。わしより、菅井だな」

菅井の方が、傷は深いのである。

「菅井の旦那も、木刀を振ってやしたぜ。……右手だけで、振ってやした」

孫六が言った。

「うむ……」

まだ、両手で木刀を振りまわすのは無理なのだろう。

「自分で、木刀を削りやしてね。すこし、細くしたようですぜ」

「そうか」

菅井は、右手だけで勝負しようとしているようだ。恐らく、居合の抜きつけの呼吸で、初太刀をふるう気なのだろう。

孫六の脇に立って話を聞いていた茂次が、

「旦那、剣術の試合は、本所や神田界隈《かいわい》で評判になってやすぜ」

と、口をはさんだ。

「もう知れているのか」

まだ、青山たちが島田道場にきて試合を挑んでから二日しか経っていない。いずれ、評判になるだろうが、それにしても早過ぎる。

「河合道場の門弟たちが、触れまわってるんでさァ」

茂次が言うと、三太郎も、うなずいた。どうやら、ふたりは河合道場の界隈に様子を見にいったようである。

「旦那、こうなると、試合をやめるわけにはいかねえし、負けるようなことになりゃァ道場の評判は、がた落ちですぜ」

孫六がけわしい顔で言った。

「そのとおりだ」

それも、河合道場側の狙いであろう。松浦藩の剣術指南役につくだけでなく、島田道場をつぶすつもりで試合を挑んできたのだ。

……負けるわけにはいかぬ。

と、源九郎は思った。

孫六たちが帰った後、源九郎はふたたび家から出て、木刀を振った。そのうち、体の節々が痛みだしたが、素振りをやめなかった。源九郎が、これほど剣に集中するのは久し振りのことである。

その日が来た。源九郎は、いつもより早く起き、井戸で冷水を汲んできて、水垢離をした後、軽く木刀の素振りをした。一汗かくと、源九郎は昨夕炊いておいためしを湯漬けにして腹ごしらえをした。

菅井が、姿をみせたのは四ッ（午前十時）ごろだった。菅井といっしょに孫六の顔もあった。ふたりからすこし遅れて、茂次と三太郎があらわれ、さらに安之助たち島田道場の門弟の四人もやってきた。磯次、猪吉、庄助の三人は、その後島田道場に行ってなかったが、源九郎たちが河合道場との試合に出ると聞いて、行く気になったのだろう。茂次や安之助たちの顔には、興奮と不安の入り交じったような表情があった。

「菅井、何とか、木刀は振れるのか」

源九郎が、菅井の手にしている細身の木刀に目をやりながら訊いた。

「まァ、見てろ。おれの居合を」

菅井が目をひからせて言った。

菅井の顔に凄《すご》みがあった。そうでなくとも、痩せて頬の肉がこけていたが、さらに肉が落ち、頬骨が突き出ていた。総髪の前髪が額にかかり、双眸《そうぼう》が炯々《けいけい》とひかっている。

「華町はどうだ」

菅井が訊いた。

「わしも、何とか木刀は遣える」

「河合道場のやつらに、おれたちの剣の冴えを見せてくれる」

菅井が、孫六や茂次たちを見まわしながら言った。

「はぐれ長屋じゃァねえ。剣術長屋だ！」

孫六が声を上げると、茂次や安之助たちが、声を上げたり腕を突き上げたりして気勢を上げた。

三

島田道場に入ったのは、源九郎と菅井、それに安之助や磯次たち道場の門弟だけだった。孫六たちは、道場の戸口のまわりにいた。門弟でない者は道場に入れなかったし、道場内に孫六たちの座る場所はなかったのである。

源九郎と菅井は、道場のつづきにある来客用の座敷に腰を落ち着けた。今日の試合に出ることになっていた佐賀、それに島田も座敷にいた。

「ところで、今日の検分役は」

源九郎が訊いた。道場間の試合となると、両道場とかかわりのない検分役がいるだろうと思ったのである。

「石丸源左衛門《いしまるげんざえもん》どのに依頼してあります」

島田が言った。

「石丸どのは、どういう方かな」

源九郎は、石丸を知らなかった。菅井も知らないらしく、首をひねっている。

「わたしの知り合いですが、直心影流《じきしんかげりゅう》を遣いまして、一刀流とも神道無念流ともかかわりがないのでお頼みしました」

島田は、はぐれ長屋に住むようになるまで御家人の冷や飯食いだったが、そのころ石丸の屋敷が近かったので知り合ったという。

「石丸どのは、年配でしてね。分け隔てのない方なので、適役かと思います」

「そうか」

いずれにしろ、だれが見ても勝負がはっきりするような勝ち方をすれば、河合側からも文句は出ないはずだ。

源九郎たちは、萩江が出してくれた茶と菓子を口にしていっとき過ごした。

「そろそろ、支度しますか」

佐賀が言った。佐賀の顔は、こわばっていた。だいぶ、緊張しているようだ。無理もない。島田道場の命運を握った闘いなのである。

「そうしよう」

すでに、九ツ（正午）は過ぎているはずである。

支度といっても、源九郎は袴の股だちを取るだけだった。試合の直前になって、襷《たすき》をかけるつもりだったが、いまからかける必要はない。

菅井は袴の股だちを取ると、懐から幅の狭い帯を取りだして腰に結んだ。

「菅井、その帯はなんだ」

源九郎が訊いた。

「これで、木刀を抜くのだ」

菅井が細身の木刀を手にして言った。

「そういうことか」

源九郎は、菅井の意図が読めた。

菅井は細身の木刀を帯に差し、抜刀と同じように木刀を抜くつもりなのだ。恐らく、長屋で木刀を抜く稽古をしたのだろう。

「華町、おれの居合の冴えを見せてやるぞ」

菅井が、口元に薄笑いを浮かべて言った。自信があるようである。

……菅井は勝てるかもしれない。

と、源九郎は感じた。

そのとき、障子があいて、小山が姿を見せ、

「石丸どのが、道場に見えられました」

と、告げた。

「わしらも、道場へまいろう」

源九郎は島田に顔をむけて言った。

道場内は静寂と緊張につつまれていた。道場の右手に門弟たちが居並んでいる。三列になって、端座していた。左手は河合道場側にあけてあるのだ。

門弟たちは顔をこわばらせ、目を瞠《みは》って道場に入ってきた源九郎たちを見つめた。いずれの顔にも、興奮と不安の色がある。

師範座所の前に、長身の武士が立っていた。四十がらみ、肌の浅黒い面長の男だった。穏やかそうな目をしている。石丸源左衛門のようだ。

「ご足労をおかけしました」

島田は、石丸に頭を下げた。

「試合に出るのは、そのお三方かな」

石丸が、源九郎たちに顔をむけて訊いた。

「はい」

島田は石丸に源九郎たち三人を紹介してから、師範座所に座るよう勧めた。

「いやいや、わしはここでよい」

そう言うと、石丸は道場の右手の隅に腰を下ろした。居並ぶ門弟たちと師範座所の間である。

「それがしは、石丸どのの脇へ」

島田は石丸の脇へ膝を折った。

源九郎たち三人は、居並ぶ門弟たちの先頭に並んで腰を下ろした。門弟たちと同じ場に座したのである。

そのとき、戸口で大勢の足音がし、訪《おとな》いを請う野太い声が聞こえた。河合道場の者たちが来たようだ。

迎えに出た門弟につづいて、道場に入って来たのは河合道場の一行だった。河合をはじめ、青山、北園、渋川とつづき、さらに門弟たちが十人ほどしたがっていた。

島田道場の門弟たちの視線が、いっせいに河合たちに集まった。息をつめて、見つめている。

島田と佐賀が、師範座所を背にして一行を出迎え、

「こちらへ」

島田が言って、道場の左手を示した。声に昂《たかぶ》ったひびきがある。河合にむけられた島田と佐賀の顔はけわしかった。

河合も、ニコリともしなかった。鋭い眼光で島田と佐賀を見すえ、

「して、今日の試合の検分役はどなたかな」

と、低い声で訊いた。

「直心影流の石丸源左衛門どのでござる」

島田がそう言うと、道場のそばに座していた石丸が立ち上がって、河合の方へ歩み寄った。

「本日の立ち合いは、それがしが務める」

石丸が静かだが強いひびきのある声で言った。

河合は石丸に目をむけた後、

「よかろう」

と小声で言い、同行してきた青山たちに道場の左側に座るよう指示した。

河合道場の門弟たちが座すと、道場内は水を打ったように静かになった。両道場の門弟たちは、息を殺して互いに相手側を睨《にら》むように見すえている。

四

「さて、先鋒《せんぽう》はどなたかな」

師範座所を背にして立った石丸が、居並んだ両道場の門弟たちに目をむけて訊いた。

「おれだ！」

長身の北園が立ち上がった。左手に、木刀をひっ提げている。

北園は小袖に袴姿だった。袴の股だちを取り、襷で両袖を絞っている。居並んだ門弟の後ろで支度したようだ。

「木刀か」

石丸は顔に憂慮の色を浮かべ、島田道場側に目をやった。木刀で打ち合うと、防具を付けた竹刀での打ち合いとちがって、相手に致命傷を与えることがあるからだ。

「わたしが、お相手いたす」

佐賀が立ち上がった。まだ、素手である。顔がこわばっている。

「木刀でもよろしいか」

石丸が佐賀に訊いた。

佐賀は、無言のままうなずいた。門人たちの居並んだ道場内で、相手に木刀で試合を挑まれ、竹刀にしてくれとは言えないのである。

佐賀は道場の板壁の木刀掛けから木刀を手にしてもどってきた。

佐賀と北園は、検分役の石丸にちいさく立礼した後、道場の両側に分かれて相対した。

「始め！」

石丸が声を上げた。

「いざ！」

「おお！」

ふたりは一声上げて、木刀を構え合った。

北園の構えは八相。肘を高く取り、木刀を垂直に立てた大きな八相である。長身とあいまって、上からおおいかぶさってくるような威圧がある。

対する佐賀は青眼だった。木刀の先が、ピタリと北園の喉元につけられている。佐賀も腰の据わった隙のない構えをしていた。

ふたりの間合はおよそ四間。まだ、打突の間合からは遠い。

北園がジリジリと間合をつめ始めた。全身に気勢が満ち、一撃必殺の気魄《きはく》がみなぎっている。

対する佐賀は動かなかった。木刀の先を敵の喉元につけたまま、北園の打ち込みの気配をうかがっている。

佐賀の顔からこわばった表情は消えていた。木刀をむけ合い、全神経を敵に集中することで、恐怖と迷いを払拭したらしい。

一足一刀の間境の手前で北園は寄り身をとめると、全身に打ち込みの気配を見せた。

イヤアッ！

突如、裂帛《れっぱく》の気合いを発し、北園がピクッと木刀を下げた。打ち込みの気配を見せたのである。

刹那《せつな》、佐賀の剣尖《けんせん》が下がった。北園の打ち込みの気配に反応したのである。

この一瞬の隙を北園がとらえた。

タアッ！

鋭い気合とともに北園が打ち込んだ。

八相から真っ向へ。踏み込みざまの強い打ち込みだった。

オオッ！

佐賀は身を引きざま木刀を振り上げ、北園の打ち込みを頭上で受けた。

戛《かっ》、と乾いた音がひびき、北園の木刀が撥《は》ね返った。

だが、佐賀が後ろによろめいた。北園の強い打ち込みを受けたとき、身を引いたために腰がくだけたのである。

「もらった！」

叫びざま、北園が打ち込んだ。

袈裟へ。

佐賀は木刀で受ける間がなかった。咄嗟《とっさ》に、佐賀は身を右手に倒して北園の打ち込みをかわそうとした。

次の瞬間、皮肉を打つにぶい音がし、カラン、と音を立てて、佐賀の木刀が道場の床に落ちた。佐賀の左腕が、だらりと垂れている。北園の一撃が、佐賀の左腕を強打したようだ。

佐賀は後ろへよろめいた。北園がすばやい動きで間合をつめ、もう一撃みまおうとした。

「待て！」

検分役の石丸が飛び込むような勢いで、ふたりの間に割って入った。

「そこまで！」

石丸が喝するような声で叫んだ。

北園は口元に薄笑いを浮かべ、

「命拾いしたな」

と、つぶやくと後ろに下がった。

佐賀は苦痛に顔をしかめ、右手で左の二の腕を押さえると、

「まいった」

と小声で言い、石丸に一礼してから島田道場の門弟たちのいる側に身を引いた。佐賀の左の二の腕の骨が折れたようだ。

「次はおれだ！」

菅井が立ち上がった。

すると、河合や青山たちの顔に驚きの色が浮いた。菅井が試合に出るとは思わなかったのだろう。

河合道場の門弟のなかに、すぐに立ち上がる者がいなかったが、

「ならば、おれが相手をしよう」

と言って、青山が立ち上がった。

ただ、青山も袴の股だちをとり、襷で両袖を絞っていたので、相手がだれであれ試合には出る気でいたようだ。

菅井と青山は、四間ほどの間合を取って対峙した。

菅井は細身の木刀を腰に差していた。両腕をだらりと下げている。

一方、青山は、木刀をひっ提げていた。木刀がすこし長いようだ。三尺弱であろうか。青山は大柄で、がっちりした体軀《たいく》なので長い木刀も遣いこなせるのだろう。

「それで、居合を遣うつもりか」

青山が菅井の腰に差している木刀を見ながら言った。

眉が濃く、頤《おとがい》の張ったいかつい顔が紅潮し赭黒《あかぐろ》く染まっていた。双眸が爛々《らんらん》とひかっている。気が昂っているようだ。

「木刀を腰に差したときから、勝負は始まっている」

菅井も、青山を見すえて言った。

「いくぞ！」

青山は青眼に構えたが、すぐに木刀を上げて上段に構えなおした。

肘を高くとり、木刀を垂直に立てている。大柄な体とあいまって、大樹のような大きな構えである。菅井が居合で抜き上げるとみて、上から打ち込むつもりなのだ。

菅井は左手を腰に添え、右手で木刀の柄《つか》を握った。そして、腰を沈めて居合腰にとり、抜刀体勢をとった。この構えから、居合の呼吸で腰に差した木刀を抜きざま打ち込むのである。

菅井は、足裏を摺《す》るようにして間合をつめ始めた。居合は抜刀の迅《はや》さと間積りが命である。いかに、迅く抜いても切っ先が敵にとどかなければ、どうにもならない。

対する青山は動かなかった。大きく上段に構え、打ち込む機会をうかがっている。おそらく、真っ向へ迅雷の打ち込みがくるはずである。

ジリジリ、と菅井が間合をつめていく。間合がせばまるにつれて、ふたりの気勢が満ち、痺《しび》れるような剣気がはなたれる。

道場内は、静まりかえっていた。両道場の門弟たちは、食い入るようにふたりの動きを見つめている。

ふいに、菅井の寄り身がとまった。青山が打ち込める間合の一歩外である。菅井は、このまま青山の打ち込みの間合に踏み込むのは危険だと察知したのだ。

タアリャッ!

いきなり、青山が鋭い気合を発して踏み込もうとした。自ら打ち込みの間境を越えようとしたのだ。

刹那、菅井の全身に抜刀の気がはしり、体《たい》が躍った。次の瞬間、菅井の腰元から木刀がはしった。

迅《はや》い！

まさに、居合の神速の抜きつけである。

タアッ！

すかさず、青山が短い気合を発し、上段から木刀を振り下ろした。

ふたりの木刀が、逆袈裟と真っ向へはしった。

嚙み合わず、ふたりの木刀は空を切った。間合が遠かったのである。

次の瞬間、ふたりは二の太刀をはなった。

菅井は逆袈裟に打ち込んだ木刀を返しざま、わずかに腰を沈めて胴を払った。一瞬の逆胴打ちである。

青山は打ち下ろした木刀を振り上げて、ふたたび真っ向へ打ち込もうとした。

その青山の胴を菅井の一撃がとらえた。

青山の木刀は、菅井の肩先をかすめて流れた。

一瞬の攻防だった。門弟たちの目には、菅井の太刀筋は見えなかったかもしれない。それほど、菅井の打ち込みは迅かった。

青山の打ち込みも鋭かった。だが、青山の二の太刀が振り上げてから振り下ろすという二拍子だったために一瞬遅れたのだ。それに、菅井が青山の虚を衝《つ》いた逆胴を狙ったことも勝利の一因であった。

青山は獣の唸《うな》るような声を上げて、つっ立っていた。顔が激痛にゆがんでいる。肋骨《ろっこつ》が折れたのかもしれない。

「まだだ！」

青山が獣の吼《ほ》えるような声を上げ、ふたたび木刀を振り上げようとしたが、体が大きく揺れた。

「それまで！　勝負あった」

石丸が声を上げて、青山を制した。

固唾《かたず》を呑んで勝負の行方を見守っていた島田道場の門弟たちの間から驚嘆の声が上がった。張りつめていた緊張が切れ、ざわめきが起こった。身を硬くしていた門弟たちの相好《そうごう》がくずれている。

五

河合道場側から渋川が立ち上がった。渋川も、袴の股だちを取り襷で両袖を絞

っていた。丸顔が、かすかに紅潮していた。細い目が切っ先のようにひかってい
る。
「わしの番だな」
つづいて、源九郎が木刀を手にして立ち上がった。源九郎の顔もいくぶん紅潮
していた。気が昂っているのである。
ふたりが道場のなかほどに出て相対すると、道場内のざわめきはハタとやみ、
両道場の門弟たちの目が、源九郎と渋川にそそがれた。
「これが、最後の勝負だな」
石丸が、門弟たちにも聞こえる声で言い、
「始め！」
と、声を上げた。
これまで、一勝一敗だった。三人目が、道場間の勝負を決することになる。
源九郎と渋川は、およそ四間の間合をとって対峙した。
ふたりとも構えは青眼である。お互いが、木刀の先を相手の喉元につけてい
る。
源九郎は肩の力を抜き、ゆったりとした身構えで剣尖に気魄を込めていた。磐

石の重みが、全身にくわわっている。相手は源九郎の剣尖がそのまま迫ってくるような威圧を感じるはずである。

渋川も全身に気勢を込め、剣尖に打ち込みの気配を見せていた。気魄で、源九郎を攻めている。

渋川の身辺には、多くの人を斬ってきた凄みがただよっていた。それが、下から突き上げてくるような威圧を生んでいる。尋常な者なら、蛇に見込まれた蛙のように身が竦《すく》んだであろう。だが、源九郎は一度渋川と切っ先を合わせていたので、動揺を押さえることができた。

ふたりは気で攻めながら、足裏を摺るようにして間合をせばめ始めた。お互いが相手を引き合うように間合がせばまっていく。

ほぼ同時に、ふたりは寄り身をとめた。まだ、一足一刀の間境に踏み込んでいない。あと一尺ほどで、お互いの木刀が触れ合う間合であった。

ふたりは全身に気勢を込め、打ち込みの気配をみなぎらせた。気で相手を攻め、動揺させて構えをくずそうとしたのである。

ふたりは激しい気魄で敵を攻めた。気の攻防である。道場内も緊張と静寂につつまれていた。

ふたりは時のとまったような静寂と、お互いがはなつ痺れるような剣気のなかで塑像のように動かなかった。

どれほど時が流れたのか。数瞬であったのか、小半刻（三十分）ほども過ぎたのか。対峙したふたりには、まったく時間の意識はなかった。

しだいに、ふたりの間の緊張が高まり、斬撃《ざんげき》の気が満ちてきた。

潮合《しおあい》だった。

フッ、と渋川の剣尖が下がった。刹那、ふたりの全身に打ち込みの気がはしった。

タアッ！

トオッ！

ほぼ同時に、ふたりの鋭い気合が静寂を劈《つんざ》き、体が躍った。

源九郎の木刀が青眼から袈裟へ。渋川の木刀も青眼から袈裟へ。

袈裟と袈裟。

戛、と木刀のはじき合う音がひびいた。

次の瞬間、ふたりはほぼ同時に二の太刀をはなった。

源九郎は背後に跳びざま籠手をみまい、渋川は刀身を横に払った。

源九郎の木刀の先が、渋川の右手の甲を浅く打ち、渋川のそれは源九郎の脇腹をかすかにとらえていた。

ふたりは間合をとってふたたび相青眼《あいせいがん》に構えると、すぐに動いた。

源九郎は袈裟に。渋川は真っ向へ。ふたりとも、一瞬の太刀《たち》捌《さば》きである。

戞、という音がひびいた。ふたりの木刀がはじき合ったのだ。

さらに、源九郎と渋川は激しく木刀をふるった。

ふたりの体が躍動し、戞、戞、と木刀がはじき合った。

源九郎が籠手から真っ向へ。連続して打ち込んだとき、木刀の先が、渋川の左耳を打った。

一瞬、渋川が上体をひねるようにして、顔をゆがめた。このとき、渋川の構えがくずれた。

源九郎は渋川が見せた一瞬の隙をとらえた。

タアッ!

鋭い気合とともに、源九郎が木刀を打ち込んだ。

振りかぶりざま袈裟へ。

皮肉を打つにぶい音がし、渋川の左肩がわずかに沈んだように見えた瞬間、渋川の手から木刀が離れた。

カラン、と乾いた音を立てて、木刀が床に落ちて転がった。

渋川は苦痛に顔をゆがめて後じさった。左腕がだらりと垂れている。源九郎の一撃が、渋川の鎖骨を折ったのかもしれない。

「そこまで！」

石丸が声を上げた。

両側に居並んだ門弟たちの間に、どよめきが起こり、つづいて島田道場側から歓声があがった。門弟たちのなかには立ち上がって、感嘆の声を上げる者もいた。

一方、河合道場側は落胆と失望におおわれ、うなだれて視線を膝先に落としている者が多かった。

石丸が道場のなかほどに立ち、

「河合道場と島田道場の試合は、これまででござる」

と声を大きくして言うと、一礼して師範座所の隅へ足をむけた。

そのとき、河合が立ち上がり、

「待たれい！」

と、語気鋭く言った。

石丸が足をとめて振り返った。

「これまでの勝負、まやかしがござる。両道場の門弟同士の立ち合いではござらぬ」

河合が鋭い声で言いはなった。目がつり上がり、剽悍《ひょうかん》そうな顔が怒りにゆがんでいる。憤怒の形相である。

「どういうことかな」

石丸が訊いた。

「先鋒の佐賀は、たしかに島田道場の門弟だった。だが、次の菅井、さらに三番手の華町は島田道場の門弟ではござらぬ。道場外から遣い手を連れてきて試合をさせたのでは、道場同士の試合にはならぬ」

河合が怒りに声を震わせて言った。

「そうかな。……菅井どのと華町どのは、島田道場の師範代だと聞いているが――。それに、門弟でないというなら、河合どののところから出た渋川どのも同じではないかな。……渋川どのは、河合道場に草鞋《わらじ》を脱いでいるだけだと聞いているが」

石丸がそう言うと、島田道場の門弟たちから、石丸の謂《いい》に賛同する声と河合を非難する声とがいっせいに上がった。

河合道場の門弟たちは、負け犬のように肩を落としてうなだれている。河合の抗議は悪足掻《あが》きとしか思えなかったのだ。それに、この場にいる門弟の数は圧倒的に島田道場側が多いのである。

「うぬ！」

河合の顔が怒りで赭黒く染まり、握りしめた両拳が震えている。

「覚えておれ！　このままでは済まぬぞ」

と捨て台詞《ぜりふ》を残し、河合がきびすを返した。

青山と渋川も苦痛に顔をしかめ、打たれたところを手で押さえて門弟たちとともに道場から出ていった。

六

「一杯、どうだ」

源九郎が貧乏徳利を手にして、孫六の方へ徳利の口をむけた。

「ヘッヘヘ……。すまねえ」

孫六は目を細めて、湯飲みを差し出した。酒に目のない孫六は、はぐれ長屋の仲間と飲むのが、なによりの楽しみだったのだ。

はぐれ長屋の源九郎の家である。源九郎の他に、菅井、孫六、茂次、三太郎のいつもの面々が集まっていた。

島田道場で河合道場との試合が終わって、半月ほど経っていた。この間、孫六、茂次、三太郎の三人はときどき平永町に出かけ、河合道場を探っていた。それというのも、源九郎は河合たちがこのまま手をこまねいて見ているとは思えなかったからである。

源九郎は菅井とともに、その後の様子を聞いてみようと思い、孫六たちを集めたのである。

「それで、どうだ。河合道場の様子は」

源九郎が、孫六たち三人に目をむけて訊いた。

「河合道場は、ちかいうちにつぶれやすぜ」

茂次が言うと、孫六と三太郎もうなずいた。

茂次たち三人の話によると、河合道場は島田道場との試合に負けてから稽古らしい稽古はしてないという。ここ数日、道場のそばを通っても稽古の音はまったく聞こえなかったそうだ。

「それに、道場に出入りしている近所の酒屋から聞いたんですがね。連日のように門弟がひとりやめ、ふたりやめして、いまはほとんど残ってないようですぜ」

茂次が言うと、

「ざまァねえや。あくどいことをして、他人《ひと》の道場をつぶそうとするからよ」

孫六が、吐き捨てるように言った。酒がまわってきたらしく、顔が赭黒く染まっている。

「それで、河合や渋川たちはどうしている」

源九郎が気にしていたのは、河合や渋川たちの動向である。

「あまり外に出ねえで、道場に籠っていることが多いようですぜ」

茂次が言った。

「うむ……」

源九郎は、河合が青山と渋川の傷が癒えるのを待っているのではないかと思った。

ただ、青山は肋骨が、渋川は鎖骨が折れたとみていた。そうなら、簡単には治らないだろう。

「旦那、ちょいと気になることがあるんですがね」

茂次が、湯飲みを手にしたまま声をあらためて言った。

「なんだ、気になることとは」

「へい、一昨日、河合道場に残っている清水《しみず》ってえ門弟の跡を尾《つ》けたんでさァ」

茂次によると、清水は河合が平永町の道場をひらいた当初からの高弟だという。清水のことも、近所で聞き込んだそうだ。

「それで」

源九郎が話の先をうながした。

「清水はどこへ行ったと思いやす。島田道場ですぜ」

「島田道場を訪ねたのか」

源九郎が驚いたような顔をして訊いた。菅井も、湯飲みを手にしたまま茂次に顔をむけている。

「道場には入らず、道場の斜向《はす》かいにある舂米屋《つきごめ》の脇に隠れて、道場に目をやってたんでさァ。それも、陽がかたむくころから二刻（四時間）ちかくもですぜ」

「なに……」

清水は、島田道場を見張っていたらしい。

……どういうことであろう。

と、源九郎は思った。いまさら、道場から出てくる門弟を襲ってもどうにもならないだろう。

「道場を見張って、何をするつもりなのだ」

菅井も腑に落ちないような顔をした。

「道場に出入りする門弟たちを見てたような気がしやすが」

茂次が言い添えた。

「門弟たちの跡を尾けたりはしなかったのだな」

源九郎が訊いた。

「へい、暗くなってからも、ずっと道場に目をむけていやした」

「……夜まで道場を見張っていたとなると、島田の動向を探ろうとしたとしか思えんな」

「おい、島田を襲うつもりではないのか」

菅井が声を大きくして言った。

「そうかもしれん。となると、島田があぶない」

門弟たちが帰った夕暮れ後は、島田と萩江だけになる。そこへ、河合や渋川たちが踏み込んでくれば、島田ひとりでは太刀打ちできない。

……そうか！　河合は最後の手段として、島田を殺すつもりなのだ。

と、源九郎は気付いた。

「こうしては、おられん」

源九郎は立ち上がり、座敷の隅に置いてある刀を手にした。

「おい、華町、どこへ行くのだ」

菅井が驚いたような顔をして訊いた。孫六たち三人も動きをとめて、源九郎の顔を見上げている。

「島田が襲われるかもしれん。いつか分からんが、今夜ということもある」

そろそろ、暮れ六ツ（午後六時）の鐘が鳴るだろう。いまから、島田道場に出かけても、町筋は夕闇につつまれているはずだ。

「いまから、島田道場へ行くんですかい」

孫六が酒の入った湯飲みを手にしたまま訊いた。

「そうだ。島田が河合たちに襲われたら、どうにもならんぞ」

「よし、おれも行く」

菅井も立ち上がった。

「あっしも、行きやすぜ」

茂次が言うと、孫六と三太郎も、あっしも、行く、と言って立ち上がった。

ところが、孫六は立ったまま、

「旦那、酒だ！　酒を置いていく手はねえ。道場で、みんなでやりやしょう」

と、声を上げた。

「道場で酒盛りか……」

源九郎は渋い顔をした。

「旦那、いまから手ぶらで行ったんじゃァ、島田の旦那も迷惑ですぜ。あっしらの夕めしの心配もしねえといけねえし、茶も出さねえといけねえ。あっしが、酒を持っていきゃァ、向こうも助かるはずだ」

孫六が顎を突き出すようにして言った。

「うむ……」

「それにね、あっしらは、どこに寝るんです。あそこの母屋に、あっしらの寝る場所がありやすか。……島田の旦那と萩江さまの寝間に、あっしらが割り込むわけにはいかねえでしょうが」

そう言って、孫六が下を向き、イヒヒヒッと口を押さえて笑った。酒を飲んだせいで、また卑猥《ひわい》なことを想像したらしい。

「旦那、とっつァんの言うとおりですぜ」

茂次が言った。

「よし、酒を持っていこう」

しかたなしに、源九郎も同意した。

菅井は薄笑いを浮かべて、源九郎と孫六たちのやり取りを聞いている。

第六章　襲　撃

一

「河合たちは、襲ってきますかね」

島田が貧乏徳利を手にし、源九郎の湯飲みに酒をつぎながら訊《き》いた。

「来るな。ただ、今夜かどうかは分からん」

ちかいうちに、河合たちが島田を襲うつもりでいるのはまちがいない、と源九郎はみていた。河合たちが道場をつづけていくには、それしか道がないのだ。島田を討ち、道場主同士の立ち合いで破ったといえば、町方に詮議されることもないし、河合道場の評判も一気に回復するはずだ。それに、島田ひとりなら、確実に討てると河合たちは踏んでいるだろう。

道場内には、源九郎と島田の他に、菅井、孫六、茂次、三太郎の四人がいた。四人も道場内に胡座《あぐら》をかいて、湯飲みで酒を飲んでいる。

五ツ（午後八時）前だった。道場の隅に燭台が置かれ、源九郎たちの姿を照らしていた。道場の板戸の隙間から風が入るのか、燭台の炎が揺れ、道場の床に伸びた源九郎たちの影を乱している。

「おそらく、四ツ（午後十時）を過ぎてからだろうな」

河合たちが道場を襲うのは、近所の住人たちが寝込んでからだ、と源九郎はみていた。

源九郎の脇で飲んでいた菅井が、

「島田、寝てもいいぞ。母屋にいる萩江どのが、ひとりでは寂しいだろう」

と、低い声で言った。

菅井の般若《はんにゃ》のような顔が赭黒《あかぐろ》く染まっていた。燭台の灯《ひ》を横から受けて、顔の陰影が濃くなり、さらに不気味さを増している。

「そうでさァ。萩江さまを、ひとりにしちゃァいけねえ」

孫六は、また口を押さえて笑い声を洩《も》らした。

「ですが、母屋にいても落ち着かないし……」

島田が困惑したように眉宇《びう》を寄せた。

「島田、わしらも、そろそろ灯を消すつもりなのだ。道場に灯が点《とも》り、わしらが酒盛りをしていたのでは、河合たちも押し込まずに引き上げるだろうからな」

河合たちが引き上げれば、島田を守ったことになるが、その後、河合たちは源九郎たちがいるかいないか見た上で侵入するだろう。そうなると、島田を守ることが難しくなる。

「それでは、母屋にいます」

島田は立ち上がった。

島田が道場から出ていった後、源九郎たちは半刻（一時間）ほど酒盛りをつづけたが、河合たちが侵入してくる気配はなかった。

「寝るか。今夜は、こないかもしれん」

源九郎が、両腕を突き上げて伸びをした。

源九郎たちは燭台の火を消し、話をやめて師範座所の畳に横になった。ただし、交替でひとりだけ、道場の戸口から外を見張ることにした。河合たちの襲撃に備えたのである。

その夜、河合たちは姿を見せなかった。夜があけると、源九郎たちは空になった貧乏徳利を手にしてはぐれ長屋にもどった。朝の稽古に、門弟たちが姿を見せる前に退散したのである。

「また、今夜だな」

源九郎が横網町の町筋を歩きながら言った。すくなくとも、数日は河合たちの道場襲撃に備えて道場に泊まり込むつもりだった。

「また、酒を持っていくんですかい」

孫六が目を剝《む》いて訊いた。

「まァ、そうだ」

「こいつは、いいや。また、酒盛りができる」

孫六が、ニンマリした。

その日、源九郎たち五人は、暮れ六ツ（午後六時）が過ぎ、町筋が夕闇につつまれてから島田道場に向かった。源九郎たちが島田道場に寝泊まりするようになって三日目である。源九郎たちはこれまでと同じように道場に集まって、酒を飲みながら夜が更けるのを待った。

風があった。道場の板戸が、コトコトと音を立てている。ただ、晴天らしく、連子窓《れんじ》から月光が射し込み、道場の床を仄《ほの》かな青磁色に染めていた。

夜が更け、四ツごろになると、源九郎たちは燭台の火を消し、師範座所の座敷へ行って横になった。

どれほどの時間が過ぎたのであろうか。源九郎は、風音のなかに、かすかな足音を聞いて身を起こした。

源九郎の気配に気付き、菅井も身を起こした。孫六と三太郎は、横になったまま寝息をたてている。

戸口の方で、床を踏む音がした。見張りに立っていた茂次が足音を忍ばせて、源九郎たちのそばに近付いてきた。

「だ、旦那、来やした！」

茂次が声を殺して言った。

「何人だ」

源九郎が訊いた。

「分からねえ」

茂次が口早に、戸口に近付いてくる黒い人影がふたつ見えただけだと言い添えた。

すると、菅井が立ち上がり、

「見てこよう」

と言って、刀をつかみ足音を忍ばせて戸口の方へむかった。

源九郎も、菅井の後につづいた。茂次はその場に残って孫六と三太郎を起こした。

菅井と源九郎は、道場の玄関の引き戸の隙間から外を覗いてみた。月光が路地を照らしていた。町筋の家並が、黒い輪郭だけを見せて夜陰のなかに沈んでいる。

道場の前に黒い人影が見えた。三人。だれかは分からないが、武士である。二刀を帯びているのが見てとれた。

「母屋へまわるようだぞ」

菅井が小声で言った。三人の人影は、道場の戸口ではなく脇へまわろうとしていた。母屋に踏み込むつもりなのだろう。

「よし、手筈《てはず》どおりだ」

源九郎と菅井は、茂次たちのいる場にとってかえした。

茂次たち三人は、師範座所から道場の床に下りていた。見開いた目が、夜陰のなかで青白く浮き上がったように見えた。連子窓から射し込んだ月光を映じているらしい。

「母屋へ行くぞ」

源九郎が小声で言った。

茂次たち三人は無言でうなずいた。すでに、河合たちが姿を見せたらどうするか、手筈を話してあったのだ。

源九郎たち五人は足音を忍ばせ、道場の脇から母屋へむかった。道場から細い渡り廊下があり、母屋に行けるようになっていたのだ。

二

母屋は深い静寂につつまれていた。ただ、家の奥にかすかな灯の色があった。奥の座敷に行灯《あんどん》の火が点っているらしい。島田は襲撃に備え、火を消さなかったのだ。

源九郎たちは、廊下のすぐ近くの座敷に入った。そこは庭に面した居間になっていた。河合たちが襲ってきたら、道場を出て居間に集まることにしてあったのだ。

源九郎たちが居間に入ると、すぐに島田が姿を見せた。源九郎たちの廊下を踏む音や障子をあける音を耳にしたのだろう。

島田は寝間着ではなかった。小袖に袴姿である。手には、大刀をひっ提げていた。襲撃に対応できるような身支度で起きていたらしい。

「島田、来たぞ」

源九郎が声をひそめて言った。

「何人です?」

島田の顔がけわしくなった。

「三人。おそらく、河合もいるはずだ」

追いつめられた河合は、自らも襲撃にくわわるとみていた。他のふたりは、青山、北園、渋川のうちのふたりであろう。青山と渋川のうちどちらかは、まだ刀をふるえるほどに傷が癒えてないにちがいない。それに、島田道場にいるのは、島田と妻女だけだと河合たちは踏んでいるはずだ。襲うのは、三人で十分である。

「萩江どのは」

源九郎が訊いた。

「奥にいます」

島田によると、昼間の衣装のまま起きているという。

「念のため、孫六と三太郎を隣の座敷に待機させておく。島田、ふたりを連れていってくれ」

「はい」

島田はすぐに孫六と三太郎を連れて奥にむかった。孫六と三太郎はすでに承知していたので、何も言わずに島田の後についていった。

居間に残った源九郎たち三人は、障子の隙間から外を覗いた。居間につづいて縁側があり、その先が狭い庭になっている。縁側の雨戸はたててなかった。

「だ、旦那、来やしたぜ。道場の脇だ」

茂次が声を殺して言った。

道場の脇に人影があった。足音を忍ばせて、母屋に近付いてくる。樹陰から出たとき、月光に照らされ、三人の姿がこれまでよりはっきりと見えた。

「河合と渋川、それに北園だ」

源九郎が言った。まだ、顔ははっきりしなかったが、その体軀《たいく》から分かった。

青山はまだ刀を遣えるほど癒えていないのだろう。渋川の肩は回復して、刀が遣えるようになったらしい。鎖骨が砕けるほどの傷ではなかったようだ。

河合たち三人は庭の端まで来ると、居間の方へ足をむけた。母屋の戸口の引き戸を破るのではなく、縁側から障子をあけて座敷に踏み込むつもりらしい。

そこへ、島田がもどってきて、障子のそばにいる源九郎たちに身を寄せた。

「島田、ここへ来るぞ」

菅井が小声で言った。

すぐに、島田は障子の隙間から外を覗いた。

「河合たちだ！」

島田の顔がけわしくなった。

「よし、踏み込ませておいて、一太刀浴びせてから、外へ飛び出そう」

源九郎が言うと、

「おれが、河合をやる」

と、菅井が低い声で言った。双眸《そうぼう》が闇のなかで、青白くひかっている。こうなると道場主もなにもなかった。

「わしは、渋川の相手をする。島田は北園だな」

「承知」

島田が目をつり上げてうなずいた。

茂次は座敷の隅に下がった。闘いの様子を見て、孫六たちのところへ行く手筈になっていたのだ。

障子の向こうに、足音が近付いてきた。縁側の先まで来たらしい。

「来るぞ」

源九郎は声を殺して言い、刀を抜くと、座敷の後ろに下がった。

島田は抜刀して左手に下がり、菅井は右手に身を引いた。菅井だけは、腰を沈めて居合の抜刀体勢をとっている。

縁側に上がる足音がした。ミシッ、ミシッ、と障子に近付いてくる。

源九郎は低い八相に構えた。島田は青眼だが、刀身を低く構えている。ふたりの刀身が、闇のなかで青白くひかっている。障子を照らしている月光を映しているらしい。

廊下を踏む足音がとまり、そろそろと障子があいた。

長身の北園が姿を見せた。背後に、河合、渋川とつづいている。すでに、三人とも抜き身を手にしていた。刀身がうすくひかっている。

河合たち三人が、座敷に踏み込んだ。

スルッ、と源九郎が動いた。つづいて、菅井と島田も仕掛けた。

源九郎の体が躍り、低い八相に構えた刀身が闇を切り裂いた。

「いるぞ！」

河合が叫んだ。

瞬間、夜陰のなかに青白い閃光《せんこう》がはしった。源九郎が身を寄せざま、渋川に斬り込んだのだ。

咄嗟《とっさ》に、渋川が刀身を撥《は》ね上げた。一瞬の反応である。

キーン、という甲高い金属音がひびき、青火が散って、源九郎の刀身が撥ね返った。

次の瞬間、渋川が後ろによろめいた。かろうじて源九郎の斬撃《ざんげき》を受けたが、腰がくだけたのである。

渋川はよろめきながら、廊下へ出ると、慌てて体勢をたてなおそうとした。

源九郎がすばやく追いすがり、
タアッ！

と、鋭い気合を発して斬り込んだ。

身を寄せざま、低い八相から袈裟《けさ》へ。

一瞬、渋川は体をひねって、源九郎の斬撃をかわそうとしたが、間に合わなかった。

ザクッ、と渋川の肩口から胸にかけて、着物が裂けた。だが、肌まではとどいていない。渋川はすばやい動きで身を引きながら体勢をたてなおすと、廊下から庭へ飛んだ。敏捷《びんしょう》な動きである。

菅井は部屋に踏み込んできた河合を目にすると、闇のなかをすべるように河合に身を寄せ、

イヤアッ！

と、鋭い気合を発して抜きつけた。

稲妻のような閃光が夜陰を切り裂き、切っ先が河合の脇腹を襲った。

瞬間、河合は身を引いたが、間に合わなかった。着物の脇腹が裂け、血の色が浮いた。だが、浅く皮肉を裂かれただけである。

次の瞬間、河合は大きく後ろに跳び、菅井との間合があくと、廊下へ飛び出した。

「す、菅井か！」

河合の声が震えた。驚きと怒りである。目尻が裂けるほど目を見開き、口をあけていた。白い歯が覗いている。憤怒の形相である。

「いかにも。おれの居合を、よくかわしたな」

菅井は河合を追わずに納刀した。居合は、抜いてしまうと威力が半減する。それに、田宮流居合は狭い屋敷内での刀法も工夫されていて、屋敷内で斬り合うことを避けるつもりはなかったのだ。

「そ、外へ出ろ！　菅井」

叫びざま、河合は廊下から庭へ跳び下りた。

「よかろう」

菅井も廊下へ出た。庭でも、かまわなかったのだ。

一方、河合たちが部屋に踏み込んできたとき、島田は低い青眼に構え、すばやい足捌《あしさば》きで北園との間合に踏み込んだ。

北園は島田の刀身が迫ってくるのを目にすると、慌てて切っ先を島田にむけた。

島田は踏み込みざま遠間から刀をふるった。北園の刀身を払ったのである。刀身を打つ甲高い金属音がひびき、北園の刀身がはじかれた。

タアッ！

すかさず、島田が斬り込んだ。突き込むように籠手《こて》へ。敵の刀身を払っておいての籠手斬りである。一瞬の太刀捌きである。

北園の右手の甲が裂けた。

北園は呻《うめ》き声を上げて、後じさった。手の甲から流れ出た血が、畳に赤い糸を引いている。

「お、おのれ！」

廊下に出た北園は、気の昂《たかぶ》りと恐怖に顔をしかめて島田に切っ先をむけた。刀身が揺れて月光を反射し、青磁色のひかりを散らしている。

三

源九郎は、庭のなかほどで渋川と対峙していた。ふたりの姿が、月光のなかに黒く浮かび上がっている。

ふたりの間合はおよそ三間半。まだ、一足一刀の間境の外である。ふたりの構えは、島田道場で立ち合ったときと同じ相青眼《あいせいがん》。切っ先は、相手の喉元につけられている。

ふたりの刀身が、月光を反射《はね》ていた。夜陰のなかで、睨《にら》み合った二匹の銀蛇のようにひかっている。

源九郎と渋川は相青眼に構えたまま気で攻め合ったが、長くはつづかなかった。

先に渋川が動いた。足裏で地面を摺《す》るようにしてすこしずつ間合をつめてきた。ズッ、ズッと渋川の足元で音がした。地面を摺る音である。

渋川の切っ先がかすかに揺れていた。気が昂り、肩に力が入っているのだ。浅手だが、脇腹に傷を負ったことで、平常心を失っているようだ。先に仕掛けたのも、胸の内に生じた焦りであろう。

対峙した源九郎は動かなかった。気を鎮めて、渋川の斬撃の起こりをとらえようとしている。

しだいに、ふたりの間合がせばまってきた。間合がつまるにつれ、ふたりの全身に気勢がみなぎり、斬撃の気配が高まってきた。

ふいに、渋川が寄り身をとめた。一足一刀の間境の半歩手前である。

渋川は気で攻めながら、つッ、と切っ先を前に伸ばした。牽制《けんせい》である。源九郎の構えをくずそうとしたのだ。

刹那《せつな》、ピクッ、と源九郎の切っ先が沈んだ。斬り込む、とみせた源九郎の誘いだった。

次の瞬間、渋川の全身に斬撃の気がはしった。源九郎の誘いに乗ったのである。

イエエッ！

甲走った気合を発し、渋川が斬り込んできた。

踏み込みざま、真っ向へ。鋭い斬撃である。

一瞬、源九郎は半歩身を引いた。渋川の太刀筋を読んでいたのである。

閃光が源九郎の鼻先をはしり、渋川の斬撃は空を切った。源九郎は渋川の切っ先の伸びを見切ったのである。

次の瞬間、源九郎は下からすくい上げるように逆袈裟に斬り上げた。電光石火の早業である。

ザクッ、と渋川の左の前腕が裂けた。真っ向へ斬り込んだときに伸びた渋川の腕を、源九郎の切っ先がとらえたのだ。

間髪をいれず、源九郎は後ろへ跳んだ。渋川の二の太刀を防ぐためである。

渋川も一歩身を引いて斬撃の間から逃れた。

ふたりはおよそ三間半の間合をとって、ふたたび対峙した。

渋川の青眼に構えた刀身が、ワナワナと震えていた。その刀身が月光を反射て青磁色の淡い光芒《こうぼう》のように見えた。左の前腕を斬り裂かれ、腕が震えているのだ。前腕から流れ落ちる血が筋を引いて足元に落ちている。

「お、おのれ!」

渋川が憤怒に顔をゆがめた。源九郎に対する怒りと、まともに構えられない己に対する腹立たしさであろう。

源九郎は、渋川の刀身が震えているのを見て、

「勝負、あったようだな」

と、言った。渋川は左腕が自在にならないはずである。

「勝負はこれからだ!」

渋川が叫び、いきなり身を寄せてきた。

ズズッ、と足裏で地面を擂る音がひびき、源九郎に向けられた切っ先が揺れながら迫ってきた。

源九郎はかすかに剣尖《けんせん》を上げた。一瞬の斬り込みを迅《はや》くするためである。

渋川が一気に斬撃の間境に迫ってきた。気攻《きぜ》めも牽制もない。捨て身の勝負を仕掛ける気なのだ。

渋川は斬撃の間境に踏み込むや否や、仕掛けた。

タアリャッ！

甲走った気合を発し、踏み込みざま真っ向へ。体ごとぶつかってくるような捨て身の斬撃である。

スッ、と源九郎が右手に体《たい》をひらき、刀身を横に払った。抜き胴である。

渋川の切っ先は、源九郎の肩先をかすめて空を切り、源九郎の手には肉を裂く重い手応えが残った。

渋川は喉のつまったような呻き声を上げ、上体を前にかしげてよろめいた。腹が横に裂け、血が流れ出ている。

渋川は前に二間ほどよろめいてから足をとめた。だが、立っていられず、手にした刀を取り落とし、両手で腹を押さえてうずくまった。蟇《ひき》の鳴き声のような低い呻き声を洩らしている。

源九郎はうずくまっている渋川のそばに歩を寄せた。

……渋川は助からぬ。

源九郎は、己の一撃が渋川の腹の臓腑を截断《せつだん》したことを知っていた。源九郎は刀を振り上げた。渋川にとどめを刺してやろうと思ったのである。

「武士の情け！」

一声上げ、源九郎は刀を一閃させた。

にぶい骨音がし、渋川の首が前に垂れた。次の瞬間、首根から血が赤い帯のように夜陰にはしった。首の血管《ちくだ》から、血が奔騰したのである。

渋川はうずくまった格好のまま首を垂れ、そのまま動かなくなった。首根からは、タラタラと血が滴り落ちている。

源九郎は菅井と島田に目を転じた。ふたりとも、まだ勝負が決していなかった。

菅井はすでに抜刀していた。居合をはなったようである。相対している河合は、八相に構えていたが、刀身が揺れていた。着物の左の肩口が裂けて、血に染まっている。菅井の居合の一颯《いっさつ》をあびたらしい。

……菅井が後れをとるようなことはない。

とみてとった源九郎は、島田のそばに走った。

四

そのとき、島田は北園と対峙していた。ふたりの間合はおよそ三間。島田は八相、北園は青眼に構えていた。北園の右手の甲から血が流れ出ている。島田の籠手斬りが、右手の甲を斬り裂いたのである。

北園の顔は、恐怖と気の昂りで蒼ざめていた。体も小刻みに顫《ふる》えている。

「手出し無用にござる」

島田が、源九郎に言った。低い声には、毅然《きぜん》としたひびきがあった。顔も剣客らしい凄《すご》みがある。

「まかせよう」

源九郎は、島田から身を引いた。

「いくぞ！」

島田が一声上げて間合をつめ始めた。

八相に構えた刀身が、まったく揺れなかった。銀色《しろがねいろ》の刀身が夜陰のなかをすべるように北園に迫っていく。

北園が後じさった。腰が引けている。すでに、戦意を失っているようだ。

さらに、島田が足を速めて身を寄せていく。

北園は逃げるように後じさった。剣尖が浮き、構えもくずれている。

ふいに、北園の足がとまった。踵《かかと》が庭の隅に植えてあった山紅葉《やまもみじ》の幹に触れ、それ以上さがれなくなったのだ。

北園の顔が恐怖でひき攣《つ》り、視線が揺れた。

と、北園が横をむき、いきなり走りだそうとした。逃げようとしたのだ。

「逃さぬ！」

声を上げ、島田が斬り込んだ。

踏み込みざま、真っ向へ。一瞬の斬撃である。

切っ先が、北園の側頭部をとらえた。にぶい骨音がし、北園の頭が揺れたように見えた。次の瞬間、頭頂から鬢《びん》のあたりにかけて縦に裂け、血が噴出した。

ギャッ！という絶叫を上げ、北園がよろめいた。柘榴《ざくろ》のように割れた側頭部から、血と脳漿《のうしょう》が飛び散った。

北園の足がとまった。数瞬、北園は血を撒《ま》きながらつっ立っていたが、ゆらっ、と体が揺れ、腰から沈むように転倒した。

地面に伏臥《ふくが》した北園は、動かなかった。かすかに四肢を痙攣《けいれん》させているだけである。すでに、絶命しているようだ。柘榴のように割れた傷口から血が流れ落ち、地面を打つ音が妙に生々しく聞こえてきた。

「みごとだ」

源九郎が声をかけて島田に近付いた。

島田は血刀をひっ提げたまま横たわっている北園のそばに立っていた。いくぶん顔が紅潮し、双眸が異様なひかりを宿していた。真剣勝負の高揚が、まだ冷めていないのだ。血が滾《たぎ》り、体が燃えているのである。

そのとき、菅井の鋭い気合が静寂を破った。

源九郎は島田から菅井に目を転じた。

夜陰のなかに閃光がはしり、菅井の体が躍った。河合に斬り込んだのである。

オオッ！　と声を上げ、河合が八相から刀身を袈裟に払った。

キーンという甲高い金属音がひびき、青火が散って、ふたりの刀身がはじき合った。

すかさず、ふたりは二の太刀をふるった。

ふたりとも袈裟へ。

ガチッ、という音がし、刀身が噛み合った。ふたりの体が密着している。鍔迫《つばぜ》り合いである。

だが、鍔迫り合いは長くつづかなかった。菅井に押されて、河合が後ろへよろめいた。すでに、河合は肩口と脇腹に菅井の斬撃をあびていたので、いくぶん体力を失っていたらしい。

「もらった！」

叫びざま、菅井が斬り込んだ。

踏み込みざま、袈裟へ。鋭い斬撃だった。

グワッ！　という絶叫を上げて、河合が身をのけ反らせた。肩から胸にかけて着物が裂け、あらわになった肌が血に染まった。

河合は刀を取り落とし、さらに後ろへよろめいた。顔にも血が飛び散っている。目尻が裂けるほど見開いた目が、赤く染まった顔のなかで白く飛び出たように見えた。

河合は刀を取り落とし、呻き声を上げながら反転した。よろよろと道場の方へ逃げていく。

菅井が血刀をひっ提げて追おうとすると、

「菅井、追うことはない」

と言って、源九郎がとめた。河合は長くはない、とみたのである。

菅井は足をとめ、源九郎と島田のそばに歩を寄せてきた。返り血をあびた菅井の顔が赭黒く染まっている。

「片付いたな」

菅井が顔の返り血を手の甲でぬぐいながら言った。

源九郎、菅井、島田の三人が縁側の近くまで行くと、茂次の姿があった。その場で、源九郎たちの闘いの様子を見ていたようである。

「や、やりやしたね。いま、萩江さまを呼んできやすぜ」

茂次はそう言うと、縁先に上がって奥の部屋へむかった。

いっときすると、茂次につづいて、孫六、三太郎、それに萩江が姿を見せた。

萩江は蒼ざめた顔をしていたが、島田の無事な姿を見ると、安堵《あんど》の表情を浮かべた。奥の座敷で、身を顫わせながら島田の無事を祈っていたにちがいない。

「華町の旦那、河合たちはどうしやした」

孫六が訊いた。まだ、茂次から何も聞いてないようだ。

「河合たちは始末した。これで、島田道場も安泰だぞ」

源九郎が一同に聞こえるような声で言った。

「そいつは、いいや」

孫六が声を上げると、一同の顔がやわらいだ。

「ともかく、行灯に火を入れましょう」

そう言って、島田が縁側から上がった。

辺りは、夜の帳《とばり》につつまれていた。青磁色の月光が、庭にいる源九郎と菅井の姿を照らしだしている。激しい闘いを物語っているのは、大気のなかにかすかに漂っている血の臭いだけである。

座敷から石を打つ音がし、ポッと火が点った。闇を拭いとるように座敷が明るくなり、島田や萩江の顔を照らしだした。

五

「菅井、これが最後だぞ」

源九郎がうんざりした顔で言った。

源九郎の家である。今日は朝から雨だった。さっそく、菅井が将棋盤と飯櫃《めしびつ》を抱えて、源九郎の家へやってきたのだ。

いつものように、源九郎は菅井が持参した握りめしの手前もあって、将棋をつき合ってやっていたのである。

「分かっている。今度はおれが勝って、五分だからな。引き分けで、ちょうどいい」

菅井が将棋盤を見つめながら言った。

これまで、源九郎の二勝一敗だった。たしかに、菅井が勝てば五分になる。だが、形勢は源九郎にかたむいていた。まともにやれば、負けることはないだろう。

……すこし、手を抜いてやるか。

源九郎が胸の内でつぶやいたとき、戸口に近付いてくる下駄の音がした。だれか来たらしい。

腰高障子の向こうで下駄の歯についた泥を落とす音がしてから、障子があいた。姿を見せたのは、島田である。

「将棋ですか」

戸口に立った島田が身を伸ばし、将棋盤を覗くようにして言った。

「島田、いいところに来たぞ。……これで、華町との勝負が終わるのだ。次は、おまえの番だぞ」

菅井が嬉しそうに目を細めて言った。

「まァ、上がってくれ」

源九郎は、島田が将棋盤の脇に膝を折るのを見てから、

「稽古は終わったのか」

と、訊いた。

「ええ、朝稽古が終わってから道場を出ました。今日は雨なので、おふたりはここで将棋を指していると思いましてね。うかがったんです」

島田は将棋盤に目をやりながら言った。

「そうか、そうか。……わざわざ、将棋をやりに来てくれたのか」

菅井が、さらに目を細めて言った。

「いえ、将棋を指しに来たわけでは……。おふたりに、話がありましてね」

島田が小声で言った。

「何の話だ」

急に、菅井が不機嫌そうな顔をした。

「実は、一昨日、松浦藩の久保田どのが道場に見えられ、いろいろ話していったんです」

「それで」

「まず、河合道場のことを訊かれました。……道場を襲撃されて斬り殺したとは言いづらかったので、真剣での立ち合いだったことにしました」

河合たちが島田道場を夜襲し、源九郎たちが返り討ちにして、半月ほど過ぎていた。

深手を負った河合は、何とか河合道場までたどりついたようだが、その夜のうちに落命したそうだ。また、夜襲にくわわらなかった青山は河合を埋葬した後、道場から姿を消したらしく、その後の行方は分からなかった。その後、河合道場はとじられたままで、いまでは近付く者もいないという。

「そう言っても、虚言にはなるまい。河合たちの夜襲だが、真剣勝負と変わらなかったからな」

源九郎が、銀を王の前に打ちながら言った。いい手ではなかったが、考えるのが面倒になったので打ったのである。

「久保田どのに、剣術の指南役になってくれと頼まれました」

島田が何気なく言った。

「まァ、そうなるだろうな」

源九郎も島田が適任だと思った。それに、河合がいなくなったので、島田しかいないのである。

「指南役といっても、ときおり藩邸に出かけて藩士に指南するだけでいいそうです。扶持《ふち》は、五十石だそうです。きっと、捨扶持のようなものですよ」

「仕方あるまい。どの藩も、内証《ないしょ》は苦しいからな」

源九郎も五十石はすくない気がしたが、それでも島田にとっては、萩江と生きていく糧になるはずである。それに、大名家の指南役となれば、道場に箔が付く。

「久保田どのの話を承知したのですが、わたしの方からもお願いしました」

「なんだ、お願いというのは」

源九郎が訊いた。

そのとき、菅井が角で源九郎の銀をとり、ニンマリとした。源九郎が王の前に打った銀をとっただけだが、いい手と思ったようだ。

「華町どのと菅井どのを藩邸に同行してもいいか、と訊いたのです」

「なに、わしらも藩邸に行くのか」

源九郎の駒を手にした手が、将棋盤の上でとまった。

「そうしていただこうと思っています。おふたりは、わたしの道場の師範代ということになってますからね」

島田が涼しい顔をして言った。

「し、しかし、わしらは……」

この歳になって、愛宕下の藩邸まで出かけて剣術指南する気にはなれぬ、と源九郎は思った。

「久保田どのは、喜ばれましてね。ぜひ、おふたりにもお願いしたい、とのことです。……それに、扶持までは出せないが、藩邸に来ていただいたおりには、相応の礼を考えたいと言っておられましたよ」

島田が小声で言った。

「うむ……」

どうしたものか、と源九郎は思い、菅井に目をやった。

すると、菅井は源九郎に顔をむけ、

「どうするのだ、その金、打つのか、打たないのか。はっきりしろ」

と、声を上げた。

源九郎が金を手にしたまま指さなかったので、菅井は焦《じ》れたらしい。どうも、菅井の頭には将棋のことしかないようだ。

「菅井、いまの島田の話を聞いたのか」

源九郎は、金を角の前に打った。

「角取りときたか。……おお、島田の話は聞いたぞ」

菅井が将棋盤を睨みながら言った。

「それで、おまえはどうするのだ」

「どうするって、角を逃がすだけだ」

そう言って、菅井は角を金の前から逃がした。

「菅井、将棋ではない。松浦藩の藩邸に、剣術の指南に行くかどうか、訊いたのだ」

どうも、菅井は将棋と島田の話がごっちゃになっているようだ。

「剣術指南な……」

菅井がつぶやくような声で言った。

「行くのか、行かないのか、どっちだ」

源九郎が声を大きくすると、
菅井は将棋盤から目を離し、

「それで、指南に行くと何かいいことがあるのか。居合の見世物を休んで愛宕下まで出かけるとなると、何か旨《うま》みがないとな」

と、島田に顔をむけて訊いた。

「ありますよ。菅井どのには、いいことが」

島田が顔に笑みを浮かべて言った。

「なんだ、いいこととは？」

「将棋ですよ。わたしが聞いたところ、藩邸内の長屋には大勢の家臣が暮らしてましてね。暇を持て余している者が多いそうです。それで、将棋や碁が盛んなようですよ。なかには、菅井どのより将棋に目のない者がいるそうです」

「そんなに、将棋が盛んなのか」

菅井が訊いた。

「盛んなようですよ。剣術の稽古の後、一局勝負という話になるかもしれません。なかには、剣術ではなく、菅井どのに将棋の指南を望む者がいるかもしれません」

島田がもっともらしい顔をして言った。

「決めた。おれは、剣術指南に行く」

菅井が声を大きくした。

「将棋に釣られおって……。菅井に将棋の指南を望む者などいるわけがない」

源九郎が渋い顔をしてつぶやいた。

この作品は双葉文庫のために書き下ろされました。

双葉文庫

と-12-31

はぐれ長屋《ながや》の用心棒《ようじんぼう》

剣術長屋《けんじゅつながや》

2011年12月18日　第1刷発行

【著者】
鳥羽亮《とばりょう》

【発行者】
赤坂了生

【発行所】
株式会社双葉社
〒162-8540 東京都新宿区東五軒町3番28号
［電話］03-5261-4818(営業)　03-5261-4833(編集)
www.futabasha.co.jp
（双葉社の書籍・コミックが買えます）

【印刷所】
慶昌堂印刷株式会社

【製本所】
株式会社ダイワビーツー

【表紙・扉絵】南伸坊
【フォーマット・デザイン】日下潤一
【フォーマットデジタル印字】飯塚隆士

ISBN978-4-575-66534-5 C0193
Printed in Japan

津本陽
柳生兵庫助
両雄の刻《とき》
長編時代小説

紀州若山で、石川門太夫の他流試合に立ち会った兵介(兵庫助)は、世を騒がす孤高の剣豪・宮本武蔵と運命の邂逅を果たす。

鳥羽亮
はぐれ長屋の用心棒16
八万石の風来坊
長編時代小説
〈書き下ろし〉

青山京四郎と名乗る若い武士がはぐれ長屋に越してきた。長屋の娘たちは京四郎に夢中になるが、ある日、彼を狙う刺客が現れ……。

鳥羽亮
はぐれ長屋の用心棒17
風来坊の花嫁
長編時代小説
〈書き下ろし〉

思いがけず、田上藩八万石の剣術指南に迎えられた華町源九郎と菅井紋太夫に、迅剛流霞剣の魔の手が迫る！　好評シリーズ第十七弾。

鳥羽亮
はぐれ長屋の用心棒18
はやり風邪
長編時代小説
〈書き下ろし〉

流行風邪が江戸の町を襲い、おののくはぐれ長屋の住人たち。そんな折、大工の棟梁の息子が殺され、源九郎に下手人捜しの依頼が舞い込む。

鳥羽亮
はぐれ長屋の用心棒19
秘剣霞颪《かすみおろし》
長編時代小説
〈書き下ろし〉

大川端で三人の刺客に襲われていた御目付を助けた華町源九郎と菅井紋太夫は、刺客を探し出し、討ち取って欲しいと依頼される。

鳥羽亮
はぐれ長屋の用心棒20
きまぐれ藤四郎
長編時代小説
〈書き下ろし〉

長屋の住人の吾作が強盗に殺された。残された娘のおしのは、華町源九郎や新しく用心棒仲間に加わった島田藤四郎に、敵討ちを依頼する。

鳥羽亮
はぐれ長屋の用心棒21
おしかけた姫君
長編時代小説
〈書き下ろし〉

家督騒動で身の危険を感じた旗本の娘が、島田藤四郎の元へ身を寄せてきた。華町源九郎は騒動の主犯を突き止めて欲しいと依頼される。

鳥羽亮

はぐれ長屋の用心棒22

疾風《はやて》の河岸《かし》

長編時代小説〈書き下ろし〉

鬼面党と呼ばれる全身黒ずくめの五人組が、大店に押し入り大金を奪い、家の者を斬殺した。華町源九郎らは材木商から用心棒に雇われる。

鳥羽亮

はぐれ長屋の用心棒23

剣術長屋

長編時代小説〈書き下ろし〉

はぐれ長屋に住んでいた島田藤四郎が剣術道場を開いたが、門弟が次々と襲われる。敵の狙いは何か？　源九郎らが真相究明に立ちあがる。

鳥羽亮

子連れ侍平十郎

上意討ち始末

長編時代小説

陸奥にある萩野藩を二分する政争に巻き込まれた、下級武士・長岡平十郎の悲哀と反骨をリリカルに描いた、シリーズ第一弾！

鳥羽亮

子連れ侍平十郎

江戸の風花

長編時代小説

上意を帯びた討手を差し向けられた長岡平十郎。下級武士の意地を通すため脱藩し、江戸に向かった父娘だが。シリーズ第二弾！

鳥羽亮

子連れ侍平十郎

おれも武士《おとこ》

長編時代小説

平十郎に三度の討手が迫る中、道場の門弟が次々と凶刃に倒れる事件が起きる。父と娘に安寧は訪れるのか⁉　好評シリーズ第三弾。

鳥羽亮

剣狼秋山要助

秘剣風哭《ふうこく》

連作時代小説〈文庫オリジナル〉

上州、武州の剣客や博徒から鬼秋山、喧嘩秋山と恐れられた男の、孤剣に賭けた凄絶な人生を描く、これぞ「鳥羽時代小説」の原点。

早瀬詠一郎

朧月お小夜

月に上げ帆

長編時代小説〈書き下ろし〉

日本橋にある大店の薬種問屋のひとり娘、お小夜。評判の美人だが、何を思ったか舟に仲間を集めて世直しを始めようと動き出す。